최승호   춘천에서 태어났다.『대설주의보』『세속도시의 즐거움』
『눈사람 자살 사건』등의 시집을 비롯해 어린이를 위한
'말놀이 동시집' '최승호와 방시혁의 말놀이 동요집' 시리즈가
있다. '말놀이 동시집' 시리즈는 말과 말의 우연한 결합에서
오는 엉뚱한 결말과 기발한 상상력을 통해 언어에 대한
새로운 감각을 열어 주는 작품으로 어린이 동시의 새 지평을
열었다는 평을 받는다. 시선집『얼음의 자서전』이
아르헨티나, 독일, 일본에서 번역 출간됐다. 오늘의 작가상,
김수영 문학상, 대산문학상, 현대문학상을 수상했다.

쌍둥이자리 별에는   다른 시간이 흐른다

쌍둥이자리 별에는   다른 시간이 흐른다

최승호 그림 시집

민음사

젊은 날 마음이 어두울 때 램프처럼 찾아온 문장들을
나는 기억한다. 그 문장들의 메아리 같은 그림들을 한글로
그려 보았다. 일종의 타이포그래피다. 한글은 소리글자다.
뜻보다는 소리에 맛이 있고 단순한 문자로서의 멋이 있다.
세종 임금님은 한글을 발명했다. 뒤늦게 나는
한글의 재미를 발견한다. 말놀이를 한다. 그림을 그려 본다.
그 재미의 재료인 한글의 자음과 모음은 값이 얼마인가.
세상에는 돈으로 계산할 수 없는 아름다운 것들이존재한다.
달빛은 얼마인가. 은하수는 얼마인가. 젊은 날은 얼마인가.

2022년 봄

최승호

차례

이 추운 세상의 한구석에
맑고 가난한 친구가 하나 있어서

백석

펭귄펭귄
펭귄펭귄펭
펭귄펭귄펭
펭귄펭귄펭
펭귄펭귄펭귄펭
펭귄펭귄펭귄펭귄펭귄

펭귄펭귄펭　　　　　　권펭귄펭귄펭
펭귄펭귄펭귄펭　　　　　권펭귄펭귄펭권
펭귄펭귄펭귄펭권　　　　펭귄펭귄펭귄펭권
펭귄　　　　　　　　　　펭귄
펭귄　　　　　　　　　　펭귄
펭귄　　　　　　　　　　펭귄
펭귄　　　　　　　　　　펭귄
펭귄　　　　　　　　　　펭귄
펭귄　　　　　　　　　　펭귄
펭귄　　　　　　　　　　펭귄
펭귄펭귄　　　펭귄펭귄

오늘 밤 나는
슬픈 시를 써야 한다

파블로 네루다

비비비비비비비비비비비비비비비비비비비비비비비비비비비비비비비비
비비비비비비비비비비비비비비비비비비비비비비비비비비비비비비비비
비비비비비비비비비비비비비비비비비비비비비비비비비비비비비　비비비
비비비비비비비비비비비비비비비비비비비　비비비　　　　　비비비
비비비비비　　　　　　　　　　　　　　　　　　　비비비
비비비비　　　　　　　　　　　　　　　　　　　비비비비
비　　　　　　　　　　　　　　　　　　　　비비비비
비비비비　　　　　비비비비비비비비비　　비비비비비
비비비비　　　　　비비비비비비비비비　　비비비비비비
비비비비　　비비비비비비　비비비비비비비비비비비비비비비비비비
비비비비　　비비비비비비　비비비비비비비비비비비비비비비비비비
비비비비　　비비비비비비　비비비비비비비비비비비비비비비비비비
비비비비　　비비비비비비　비비비비비비비비비비비비비비비비비비
비비비비　　비비비비비비　비비비비비비비비비비비비비비비비비비
비비비비비비비비비비비비비비비비비비비비비비비비비비비비비비
비비비비비비비비비비비비비비비비비비비비비비비비비비비비비비

비 속의 나귀

날자 날자
한번 더 날자꾸나

이상

나
나비
제비나비
제비나비나비　　나　　　　　　　　나
제비나비제비나비　비　　　　　　나비
제비나비제비나비　나　　　　　제비나비
　　　　　　　　비　　　　　제비나비나비
제비나비나비　　　　　　제비나비제비나비
　제비나비나비　　　　　제비나비제비나비
　　제비나비나비　　　제비나비나비
　　　제　　　　　　　제비나비나비
　　　비　　　　　　　제비나비나비
　　　나　　　　　　　제
　　　비　　　　　　　비
　　　　　　　　　　나
　　　　　　　　　　비

내가 아름다운 인생을
살았다고 전해 주오

루트비히 비트겐슈타인

별

별

별

별

별

별

별

게자리 별의 발걸음

날 그냥 내버려 두시오
아무것도 아니니

프랑시스 잠

섬

섬
섬
섬
섬
섬
섬

사이좋은 것들은
사이가 있다

띄엄띄엄

마음은 스무 살에
이미 다 늙어 버렸네

이하

꽃
잎
꽃
잎
꽃
잎
꽃
잎
꽃
잎
꽃
잎
꽃
잎
꽃
잎

꽃잎들은
마음 놓고
떨어지나

봄밤

나는 갈 곳 모르는 지팡이로
텅 빈 어둠을 더듬는다

호르헤 루이스 보르헤스

```
           |
   |             |
   |             |
       |       |
         |     |
           |   |
             |   |
               |   |
                 | |
               ○ ○
                   □
             □  □ □ □
               □  긴   □
             □   수    □
               □ 염    □
                 □ 하      □
                   □ 늘      □
                     □ 소      □
                       □   □ □ □
                          □     □
```

더듬 더듬

긴수염하늘소

낙엽이 진다고
나까지 져야 하나

로버트 프로스트

가랑잎
가랑잎나비
가랑잎나비가랑잎
가랑잎나비가랑잎
가랑잎나비가랑잎
가랑잎나비가랑
가랑잎나비
가랑잎

가랑잎
가랑잎나비
가랑잎나비가랑
가랑잎나비가랑잎
가랑잎나비가랑잎
가랑잎나비가랑잎
가랑잎가랑
가랑

가랑
가랑잎나비
가랑잎나비가랑
가랑잎나비가랑잎가랑
가랑잎나비가랑잎나비
가랑잎나비가랑잎가랑
가랑잎나비가랑가랑
가랑잎나비가랑
가랑잎나비
가랑잎

가랑잎나비

내 영혼엔
한 올의 새치도 없다

블라디미르 마야코프스키

어흥어흥어흥어흥어흥어흥어흥어흥어흥어흥어　흥어흥어흥어
어흥어흥어흥어흥어흥어흥어흥어흥어　흥어흥어흥어흥어
어흥어흥어흥어흥어흥어흥어흥어흥어흥　어흥어흥어흥어
어흥어흥어흥어흥어흥어흥어흥어흥어흥어　흥어흥어흥어
　　어흥어흥　　흥어흥어흥어흥어흥어흥어　어흥어흥어
　　　　흥어흥어흥어흥어흥어흥어흥어　흥어흥어
어　　　　　흥어　　　　　　　　　　　　어흥어
어흥　　　어흥　　　　　　　　　　　　어흥어
어흥어　흥　　　　　　　　　　　어흥어흥어
어흥어흥어　　　　　　　　　　흥어흥어
어흥어흥　어흥　어흥어흥어흥　어흥어　어흥어흥어
어흥어　흥어흥　어흥어흥어흥　흥어흥　어흥어흥어
어흥　어흥어흥　어흥어흥어흥　흥어흥　어흥어흥어
어　흥어흥어　어흥어흥어흥어　어흥어　흥어흥어
어흥어흥어　어흥어흥어흥어흥　흥어　　어흥어흥어
어흥어흥어흥어흥어흥어흥어흥어흥어흥어흥어흥어흥어흥
어흥어흥어흥어흥어흥어흥어흥어흥어흥어흥어흥어흥어흥

자작나무 숲속의 호랑이

대성당이
파괴될 예정이다

존 애쉬버리

돌 돌 돌 돌 돌 돌 돌 돌

돌 돌 돌 돌 돌 돌 돌 돌

돌 돌 돌 돌 돌 돌 돌 돌

돌 돌 돌 돌 돌 돌 돌 돌

돌 돌 돌 돌 돌 돌 돌 돌

돌 돌 돌 돌 돌 돌 돌 돌

돌 돌 돌 돌 돌 돌 돌 돌

돌 돌 돌 돌 돌 돌 돌 돌

돌만 남는다

황룡사구층목탑터

재만 남은 가슴이
문풍지 소리에 떤다

윤동주

```
벽돌벽돌벽돌벽돌벽돌        벽돌
벽돌                       벽돌
벽돌                       벽돌
벽돌                       벽돌
벽돌                       벽돌
벽돌                       벽돌
벽돌     문이  벽이다        벽돌
벽돌     벽이  문이다        벽돌
벽돌                       벽돌
벽돌                       벽돌
벽돌                       벽돌
벽돌                       벽돌
벽돌                       벽돌
벽돌                       벽돌
벽돌                       벽돌
벽돌                       벽돌
벽돌                       벽돌
벽돌                       벽돌
벽돌     벽돌벽돌벽돌벽돌벽돌
```

목이 긴 남자의 방

이 세상 밖이라면 어디라도

샤를 피에르 보들레르

병병병병
병병병병
병병병병
병병병병
병병병병
병병병병
병병병병
병병병병
병병병병병병병병병병병병병병병병
병병병병병병병병의병병병병병병병병
병병병병병병병병　　　병병병병병병병
병병병병병병병　　　병병병병병병병
병병병병병병병　　병병병병병병병병병병
병병병병병　　병병병병병병병병병
병병병병병병　　병병병병병병병
병병병병병　　병병병병병병
병병병병　　　병병병병병병
병병　　　　병병병병병
병병병병병병　　병병병병병병병병병
병병병병　　　병병병병병병병병
병병병　　　　병병병병병병병병
병병병병병병병병병병병병병병병병병병

술병 속의 신천옹

사막이 아름다운 것은
어딘가에 우물이 있기 때문이다

앙투안 드 생텍쥐페리

여우여우여우　　　　　　여우여우여우여우여우
　여우여우여우　　　　　　여우여우여우여우여우
　여우여우여우여　　　　　여우여우여우여우여
　여우여우여우　　　　　　여우여우여우
　여우여우여우　　　　　여우여우여
　여우여우여　　　　　여우여우
　여우여우여　　　　여우여
　여우여우여　　　여우여
　여우여우　　　여우여
　여우여　　　여우
　　여　　　　우

여우여우여우여우
여우　　여우
여우　여우
여우여
여우　　　　　　여　　여
　　　　　　　우　　우

사막여우

곡선은
신의 선이다

안토니 가우디

카랑
　　카랑카랑
　　　카랑카랑
　　　카랑카랑
　　　　카랑카랑
　　　　카랑카랑
　　　카랑카랑
　　　카랑카랑
　　카랑카랑　　　　　카랑
　　카랑카랑　　　　　　카랑카랑
카랑　　　　　　　　　　카랑카랑
　　　　　　　　　　　카랑카랑
　　　　　　　　　　카랑카랑
　　　　　　　　　카랑카랑
　　　　　　　　카랑카랑
　　　　　　　카랑카랑
　　　　　　카랑카랑
　　　　카랑

해와 달을
굴리는 자는
누구인가

굴렁쇠

바닥에서 나는 더 편안하다

잭슨 폴록

뻘 뻘 뻘

뻘 뻘   뻘 뻘 뻘 뻘 뻘 뻘 뻘   뻘 뻘 뻘

뻘 뻘   뻘 뻘 뻘 뻘   뻘 뻘   뻘 뻘 뻘   뻘 뻘

뻘 뻘   뻘 뻘 뻘   뻘 뻘 뻘   뻘 뻘 뻘   뻘

뻘 뻘   뻘 뻘 뻘   뻘 뻘 뻘   뻘 뻘 뻘 뻘

뻘 뻘   뻘 뻘 뻘   뻘 뻘   뻘 뻘 뻘 뻘

뻘 뻘 뻘   뻘 뻘 뻘   뻘 뻘 뻘   뻘 뻘 뻘 뻘 뻘

뻘 뻘   뻘 뻘 뻘   뻘 뻘 뻘   뻘 뻘 뻘 뻘

뻘 뻘   뻘 뻘   뻘 뻘 뻘   뻘 뻘 뻘

뻘 뻘 뻘 뻘   뻘 뻘 뻘   뻘 뻘 뻘 뻘

뻘 뻘   뻘 뻘 뻘 뻘 뻘

뻘 뻘

갯지렁이

물고기에게
수영 가르치기

프랑시스 퐁주

ㅣ
ㅣ
ㅣ
ㅣ
ㅣ
ㅣ
ㄱ
ㅣ
ㅁ
ㄱ   ㄱ
ㅐ   ㅣ
ㄱ   ㄱ
ㅣ   ㅇ   ㅇ   ㅣ
ㅁ
ㅒ   ㅁ
ㅣ   ㄱ
ㄱ   ㅣ
ㅅ   ㅐ

고래는 물고기가
아니라는 걸
물고기들은 알까

흰수염고래

은하수를 길어
차를 끓인다

무의자 혜심

은하은하은하은하

은하은하

은하은

은하은

은하

은하 은

은하 은하 은

은하 은하 은하 은

은하 은하 은하 은하 은

은하 은하 은하 은하 은하 은

은하 은하 은하 은하 은하 은하

은하 은하 은하 은하 은하 은하

은하 은하 은하 은하 은하 은

은하 은하 은하 은하 은

은하 은하 은하

은하 은하 은하 은하 은하

은하 은하 은하 은하

은하 은하 은하

은하 은하

은하수 한잔 마시게

사람은 같은 강물에
두 번 발을 담글 수 없다

헤라클레이토스

쌍둥이자리 별에는 다른 시간이 흐른다

저녁놀은
누구의 시입니까

한용운

　　　　　　　　　그냥 노을
　　　　　　　　그냥 노을
　　　　　　　　　그냥 노을
　　　　　　그냥 노을
　　그냥 노을

　　　　　그냥 노을
　　　　　　　그냥 노을
　　　　그냥 노을
　　　　　그냥 노을
　　　　　　그냥 노을
　　　　　　　그냥 노을
　　　　　그냥 노을　　　그냥 노을
　　　　　　그냥 노을
　　　　그냥 노을
　　　　　　　그냥 노을
　　　　　그냥 노을
　　　　그냥 노을　　　　　그냥 노을
　　그냥 노을
　　　　　　　그냥 노을
　　　　　그냥 노을

　　　그냥
　　　　노을

엄마야 누나야
강변 살자

김소월

알
알락
알락 알락
알락 알락 알락
알락 알락 알락 알락
                        알락
                        알락
   알락하늘소   알락
   알락똥풍뎅이   알락
   알락머리먼지벌레   알락
   알락허리꽃등에   알락
   알락꼬리마도요   알락
   알락꼬리여우원숭이   알락
   알락자루맵시벌   알락
   알락나방   알락
                     알락
                   알락
알락 알락 알락 알락
알락 알락 알락
알락 알락

                                    알록달록
                                    달록알록

                                  알락 친구들

해바라기는 빨리 시들기 때문에
나는 온종일 해바라기만을 그린다

빈센트 반 고흐

```
              어느
       어느         어느
   어느     덧        어느
   어느     덧덧덧       어느
     어느    덧덧덧덧     어느
       어느    덧덧    어느
         어느    어느
              어느
       어느덧    봄    덧없음
       어느덧   여름   덧없음
 해바라기  어느덧   가을   덧없음  해바라기
       어느덧   겨울   덧없음
       어느덧    봄    덧없음
       어느덧   여름   덧없음
       어느덧   가을   덧없음
       어느덧   겨울   덧없음
       어느덧    봄    덧없음
       어느덧   여름   덧없음
       어느덧   가을   덧없음
       어느덧         덧없음
       어느덧         덧없음
       어느덧         덧없음
       어느덧         덧없음
       어느덧         덧없음
```

어느덧과 덧없음 사이에서
해바라기가 핀다

해바라기

불이 장작을 바라는 것처럼
의식은 현상이 존재하기를 바란다

나가르주나

각시불나방
금빛노랑불나방　　　　　　　　　　노랑테불나방
노랑불나방 알락노랑불나방　　　　앞노랑검은불나방
노랑배불나방　　　　　　　　톱날무늬노랑불나방
붉은줄불나방　　　　　　　　주홍테불나방
알락주홍불나방　　검정무늬주홍불나방
뒷노랑왕불나방　　홍줄불나방 넉점박이불나방
광대불나방
좀점박이불나방　　　외줄점불나방 줄점불나방
배점무늬불나방 점무늬불나방　　흰무늬왕불나방 흰제비불나방
배붉은흰불나방　　　　　좀불나방 목도리불나방
점박이붉은줄불나방　　　　좀안주홍불나방
교차무늬주홍테불나방　　　　등붉은뒷흰불나방
검은점꼬마불나방

불 속에서 활활
불 속에서 훨훨

불나방들

손에 무한을 움켜쥐고
찰나에서 영원을 보라

윌리엄 블레이크

　　　　모래모래
　　　　　모래
　　　　　모
　　　　　모래
　　　　모래모래

　모래모래모
　모래모래
　모래모
　모래
　모래모
　모래모래모
모래모래모래모래

　　모래모래모
　　　모래모
　　　모래
　　　모래
　　모래모래
　모래모래모래
모래모래모래모래모래

사막의 모래시계

아! 무서운 오후 다섯 시,
모든 시계의 시간이
오후 다섯 시였다

페데리코 가르시아 로르카

```
                다섯
              다섯
            다섯
          다섯                    다섯
        다섯                다섯      다섯
          다섯      다섯                다섯
              다섯                        다섯
   다섯              다섯 ○ ○ 다섯
     다섯        다섯55555555555  다섯
        다섯            55555555다섯
              55555다섯55
              다섯다섯다섯
              다섯다섯다섯
              다섯다섯다섯
              다섯다섯다섯
              다섯다섯다섯
              다섯다섯다섯
              다섯다섯다섯
              다섯      다섯
              다섯      다섯
              다섯      다섯
              다섯      다섯
              다섯      다섯
```

오후 다섯 시의 로봇

불행의 흑판에
행복의 얼굴을 그린다

자크 프레베르

흑　　　　　　　　　　　　　흑
마　　　　　　　　　　　　　마
늘　　　　　　　　　　　　　늘
　흑마늘　　　　　　흑마늘
　　흑마늘　　　　흑마늘
　　흑마늘　　　흑마늘
　흑마늘　　　　흑마늘
흑마늘　　　　　　흑마늘
　흑마늘　ㅇ　ㅇ　흑마늘
　흑마늘　　　　흑마늘
　　흑마늘　　　흑마늘
　　흑마늘　　　흑마늘
　　　흑마늘　　흑마늘
　　　흑마늘　흑마늘
　　　　흑마
　　　　늘

흑마늘 먹지 않아도
흑염소는 까맣소

흑염소

우리는 울지 않기 위해서
웃는다

외젠 이오네스코

호랑호랑호랑호랑호랑호랑호랑호랑호랑호랑호랑호랑호랑호랑호랑
호랑호랑호랑호랑호랑호랑호랑호랑호랑호랑호랑호랑호랑호랑호랑
호　　　랑호랑호랑호랑호랑호랑호　　　호랑호랑호
호랑　　호랑호랑호랑호랑호랑호랑호　　랑호랑호랑호
호랑호　랑호랑호랑호랑호랑호랑호랑　　호랑호랑호
호랑호랑호랑호랑호랑호랑호랑호랑호랑호랑호랑호랑호랑
호랑호랑호랑호랑호랑호랑호랑호랑호랑호랑호랑호랑호랑
호랑호랑호랑　　호랑호랑호랑호랑호랑호　　랑호랑호랑호랑
호랑호랑　　　호랑호랑호랑호랑호　　랑호랑호랑
호랑호　　　랑호랑호랑호랑호랑　　호랑호랑
호랑호랑　　　호랑호랑호랑호랑호　　호랑호랑
호랑호랑호랑호랑호랑호랑호랑호랑호랑호랑호랑호랑호랑
호랑호랑호랑호랑호랑호랑호　　호랑호랑호랑호랑호랑호랑
호랑호랑호랑호랑호랑호랑　　　호랑호랑호랑호랑호랑
호랑호랑호랑호랑호랑호랑　　　호랑호랑호랑호랑호랑
호랑호랑호랑호랑호랑호랑호랑　　호랑호랑호랑호랑호랑호랑호랑
호랑호랑호랑호랑호랑호랑호랑호랑호랑호랑호랑호랑호랑호랑
호랑호랑　　　　　　　　호랑호랑
호랑호　　　　　　　　　호랑호
호랑호랑호랑호랑호랑호랑호랑호랑호랑호랑호랑호랑호랑호랑호랑
호랑호랑호랑호랑호랑호랑호랑호랑호랑호랑호랑호랑호랑호랑호랑

호랑이 탈

나는 몹시 난처했다

프란츠 카프카

어 어
뜨 뜨
무 무
러 러
차 차
어뜨무러차
어뜨무러차 어뜨무러차
으라 어뜨무러차 으라차차 어뜨
으라 어뜨무러차 으라차차 어뜨
으라 어뜨
으라 천하 어뜨
으라 장사 어뜨
으라 어뜨
으라 어뜨무러차 으라차차 어뜨
으라 어뜨무러차 으라차차 어뜨
어뜨무러차 어뜨무러차
어뜨무러차 어뜨무러
어뜨무러차 어드무
어뜨무러차 어뜨
어뜨무러차 어

바위를 들게
산을 들게
별밭도 갈아엎으시게

장수하늘소

돈은
악마의 배설물이다

프란치스코

```
                돈돈
              돈돈      돈돈
              돈돈        돈돈
              돈돈        돈돈
             돈돈          돈돈
             돈돈            돈돈
            돈돈            돈돈
          돈돈돈                돈돈돈
          돈돈돈돈              돈돈돈돈돈
          돈돈돈돈            돈돈돈돈돈
        돈돈돈돈돈돈돈돈돈돈돈돈돈돈돈돈돈
          돈돈돈돈돈돈돈돈돈돈돈돈돈
                돈
```

똥이나 먹어라 똥이나 먹어
그리고 또 똥이나 먹어

레몽 크노

풍뎅이
뚱보똥풍뎅이
똥풍뎅이 똥풍뎅이
똥풍뎅이 똥풍뎅이 똥풍뎅이
똥풍뎅이 똥풍뎅이 똥풍뎅이 똥풍뎅이
똥풍뎅이 똥풍뎅이 뚱보똥풍뎅이 똥풍뎅이
뚱보똥풍뎅이 똥풍뎅이 똥풍뎅이 똥풍뎅이
똥풍뎅이 똥풍뎅이 똥풍뎅이 뚱보똥풍뎅이
똥풍뎅이 똥풍뎅이 똥풍뎅이 똥풍뎅이
똥풍뎅이 뚱보똥풍뎅이 똥풍뎅이
똥풍뎅이 뚱보똥풍뎅이 똥풍뎅이
똥풍뎅이 똥풍뎅이 뚱보똥풍뎅이
똥풍뎅이 뚱보똥풍뎅이 뚱보똥풍뎅이
똥풍뎅이 뚱보똥풍뎅이 똥풍뎅이
똥풍뎅이 똥풍뎅이 똥풍뎅이
똥풍뎅이

똥 덩어리 속의 똥풍뎅이들

너는
너의 피를
맛본 일이 없는가

로트레아몽

ㅎ
ㅎ ㅎ　　　　　　ㅎ
ㅎ ㅎ　　　　　ㅎ ㅎ
ㅎ ㅎ ㅎ　　　　ㅎ ㅎ
ㅎ ㅎ ㅎ　　　　ㅎ ㅎ ㅎ
ㅎ ㅎ ㅎ　　　　ㅎ ㅎ
ㅎ ㅎ ㅎ　　　　ㅎ ㅎ ㅎ
ㅎ ㅎ ㅎ　　　　ㅎ ㅎ
ㅎ ㅎ ㅎ　　　　ㅎ ㅎ ㅎ
ㅎ ㅎ　　　　　ㅎ ㅎ
ㅎ　　　　　　ㅎ

01234567890123456789
1234567890

ㅎ
ㅎ ㅎ　　　　　　ㅎ
ㅎ ㅎ　　　　ㅎ ㅎ ㅎ　　　　ㅎ
ㅎ ㅎ ㅎ　　　　ㅎ ㅎ　　　　ㅎ ㅎ
ㅎ ㅎ ㅎ　　　ㅎ ㅎ ㅎ　　　ㅎ ㅎ ㅎ
ㅎ ㅎ ㅎ　　　ㅎ ㅎ ㅎ　　　ㅎ ㅎ
ㅎ ㅎ　　　　ㅎ ㅎ　　　　ㅎ ㅎ
ㅎ ㅎ ㅎ　　　　ㅎ ㅎ ㅎ　　　ㅎ ㅎ
ㅎ ㅎ ㅎ　　　　　ㅎ ㅎ　　　　　ㅎ
ㅎ ㅎ ㅎ　　　　　　ㅎ ㅎ
ㅎ ㅎ　　　　　　ㅎ
ㅎ

거머리의 시간

불행만큼 우스꽝스러운 것도 없다

사무엘 베케트

　　　　　　　　　　　눈송이
　　　눈사람　　　　　　　　　눈사람 눈사람 눈
　　눈사람 눈사람 눈　　　　눈사람 눈사람 눈사람 눈사람
　눈사람　　　　　　　눈사람 눈사람 눈사람 눈사람 눈사람 눈사람
눈사람　　　　　　　　눈사람 눈사람 눈사람 눈사람 눈사람 눈송이
　눈사람　　　　　　　눈사람 눈사람 눈사람 눈사람 눈사람 눈사람
　눈사람 눈사람 눈사람　　눈사람 눈사람 눈사람 눈사람 눈사람 눈
　　눈사람 눈사람 눈　　　눈사람 눈사람 눈사람 눈 눈송이
　　　눈송이　　　　　　　눈사람 눈사람 눈사람
　　　　　　　　　　　눈송이

　　　　　　　　　　　　　　　　　땅을 짚고
　　　　　　　　　　　　　　　　　일어나라

　　　　　　　　　　　　　　　　쿵, 넘어진 눈사람

우리는
이를 통해 가까워졌다

헨리 밀러

이불
이　　　　　　이　　　　이불
이　　　　　　이　　　　이불이불
　이　　　　이　　　　이불이불이불
　　이　　이　　　　이불이불이불
　　이이　　　　이이불이불이불이
　　이이　　　　이불이불이불이불
　이이이이　　　이불이불이불
　이이이이이　　이불이불이
이이이이이이　　이이불이
이이이이이이　　이불이
　이이이이이이　이불
　　이이이이　　이불
　　　이이이　　이
　　　　이　　　이불
　　　ㅁ　ㅁ　　이

이 별에는 이가 있다
이와 이별하자

이 별에서의 이별

허무에 계신 우리 허무님,
하늘에서 허무하셨던 것과 같이
땅에서도 허무하소서

어니스트 헤밍웨이

뼈
뿐
인
뼈뿐인 뼈 뼈뿐인
뿐
인
뼈
뿐
인
뼈

　　　　　　뼈
　　　　　　뿐
　　　　　　인
　　　뼈뿐인 뼈 뼈뿐인
　　　　　　뿐
　　　　　　인
　　　　　　뼈
　　　　　　뿐
　　　　　　인
　　　　　　뼈

뼈뿐인 뼈

내가 잠들어 있을 때
나를 목 졸라 죽여 줄 사람은 없는가

아쿠타가와 류노스케

해 해 해 해 해 해
해 해 해 해 해 해 해 해 해 해
해 해 해 해 해 해 해 해　　해 해 해 해
해 해 해　　해 해 해　　해 해 해 해
해 해　　　　해 해　　해 해 해 해
해 해 해　　해 해 해　　해 해 해 해
해 해 해 해 해 해 해 해 해 해 해 해 해 해 해
해 해 해 해 해 해 해 해 해 해 해 해 해 해
해 해 해　　해 해 해 해 해 해
해 해 해　　해 해 해 해 해
해 해 해 해 해 해 해 해 해
해 해 해 해 해 해 해 해
해 해 해 해 해 해 해 해 해 해
해 해 해　　　　해 해 해
해 해 해　　　　해 해 해
해 해 해　　해 해 해 해
해 해 해 해 해 해 해 해 해
해 해 해 해 해 해

웃는 일만 남은 해골

군중 속에 나타나는
유령 같은 얼굴들

에즈라 파운드

어둠어둠어둠어둠어둠어둠어둠어둠어둠어둠어둠어둠어둠어둠어둠
어둠어둠어둠어둠어둠어둠　　어둠어둠어둠어둠어둠어둠어둠어둠어둠어
　어둠어둠어둠어둠어둠　　　　　둠어둠어둠어둠어둠어둠어둠어둠어둠
어둠어둠어둠어둠　　　　　　　둠어둠어둠어둠어둠어둠어둠어둠
어둠어둠어둠　　　　　　　　　어둠어둠어둠어둠어둠어둠
어둠어둠　　　　　　　　　　　둠어둠어둠어둠어둠어
어　　　　　　　　　　　　　어둠어둠어둠
어둠　　　　　　　　　　　　　어둠어둠
어둠어둠어　　둠어둠어　　둠어둠어　　어둠어둠어　　둠어둠어둠어둠어　　둠어
어둠어둠어둠　어둠　　어둠어둠어　　둠어둠어둠　어둠어둠어둠어둠어둠어둠
어둠어둠어둠어　둠어　어둠어둠어　　둠어둠어둠　둠어둠어둠어둠어둠어
　어둠어둠어둠어　어둠　어둠어둠　둠어둠어둠어둠　어둠어둠어둠어둠어둠
어둠어둠어둠어둠　어둠어　둠어둠어　둠어둠어둠어둠　어둠어둠어둠어둠
어둠어둠어둠어둠　둠어둠어둠　어둠　둠어둠어둠어둠어　둠어둠어둠어둠어
어둠어둠어둠어둠　어둠어둠어둠어　둠어　둠어둠어둠어둠　　어둠어둠어둠어
　어둠어둠어둠어둠어둠어둠어둠어둠어둠어둠어둠어둠어둠어둠어둠어둠어둠

없다가 있다
있다가 없다

유령해파리

아무것도 아니야
다만 바람일 뿐

에드거 앨런 포

허 허 허
허 허 허 허 허
허 허 허 허 허 허
허 허 허 허 허 허
허 허 허 허 허
허 허 허
허 허 허
허 허 허 허 허 허 허 허 허 허 허 허 허 허 허 허 허
허 허 허 허 허 허 허 허 허 허 허 허 허 허 허 허 허
허 허 허 허
허 허
허 허 허 허
허 허 허
허 허 허 허
허 허 허 허 허
허 허 허 허 허 허
허 허 허 허 허 허 허 허 허 허 허 허 허 허 허 허 허
허 허 허 허 허 허 허 허 허 허 허 허 허 허 허 허

가슴이 찢어진 허수아비

이 몸뚱이,
한번 모인 별 먼지에
지나지 않는 것을

백거이

별 별 별　　　　　　　　　　별 별 별

별 별 별 별 별　　　　　　　별 별 별 별

별 별 별 별 별　　　　　　　별 별 별

별 별 별 별　　　　　　　　별 별

별 별　　　　　별 별 별 별 별 별 별 별 별

별 별 별 별 별 별 별　　　별 별 별 별 별 별

별 별 별 별 별 별 별　　　　별 별 별

별 별　　　　　　　　　　별 별

별 별 별 별 별 별　　　　　별 별 별

별 별　　　　별 별　　별 별 별　　별 별

별 별　　　　별 별　　별 별 별　　　　별 별

별 별　　　　별 별　　별 별 별　　　　별 별

별 별　　　　별 별　　별 별 별　　　　별 별 별

별 별　　　　별 별　　별 별 별　　　　별 별 별

별 별　　　　별 별　　　별 별 별　　　　별 별 별

별 별　　　　별 별　　별 별 별　　　　　　별 별 별

별 먼지, 혹은 남자와 여자

내 인생에서
가장 심각한 순간은
아직 오지 않았습니다

세사르 바예호

쿠
이
어

어이
쿠

어
이쿠

쿠
이
어

어이
쿠

넘어지다

사람들은 살기 위해서
여기로 몰려드는데
나는 오히려 사람들이
여기서 죽을 것 같다는 생각이 든다

라이너 마리아 릴케

스모그 스모그 스모그 스모그 스모그 스모그 스모그 스모그 스모그 스모그 스모그
스모그 스모그 스모그 스모그 스모그 스모그 스모그 스모그 스모그 스모그 스모그
스모그 스모그 스모그 스모그 스모그 스모그 스모그 스모그 스모그 스모그 스모그
스모그 스모그 스모그 스모그 스모그 스모그 스모그 스모그 스모그 스모그 스모그
스모그 스모그   스모그 스모그 스모그
스모그   스모그 스모그
스모   스모그
스모그 스   스모그 스모그 스모그 스모그 스모그 스모그 스모그   그스모
스모그 스모그 스모그 스모그 스모그 스모그 스모그 스모그 스모그 스모그 스모그
스모그 스모그 스모그 스모그 스모그 스모그 스모그 스모그 스모그 스모그 스모그

느리게
아주 느리게

라르고, 라는 이름의 멋진 장의차

무(無)라는 것이 없다는 그것까지도
무가 되어야 한다

고봉 원묘

덤
덤 덤 덤
덤 덤 덤 덤 덤
덤 덤 덤　　덤 덤 덤
덤 덤 덤 덤 덤 덤 덤 덤 덤 덤

　　　　　　　　덤
　　　　　　　덤 덤 덤
　　　　　　덤 덤 덤 덤 덤
　　　　　　덤 덤 덤　　덤 덤 덤
　　　　　덤 덤 덤　　　덤 덤 덤 덤
　　　　　덤 덤 덤　　　　덤 덤 덤 덤
　　　　덤 덤 덤　　　　　덤 덤 덤 덤
　　　　덤 덤 덤　　　　　　덤 덤 덤 덤
　　　덤 덤 덤 덤 덤 덤 덤 덤 덤 덤 덤 덤 덤 덤 덤 덤

무의 덤
무의 덤들

무덤

햇빛을 가리지 말고
비켜 주시오

디오게네스

그림자
그림자그림자
그림자그림자그림자
그림자그림자그림자
그림자그림자
그림자
그림자그림자
그림자그림자그림자그림자그림자그림자그림자
그림자그림자그림자
그림자그림자
그림자그림자
그림자그림자
그림자그림자
그림자그림자
그림자　　그림자
그림자　　그림자
그림자　　그림자
그림자　　그림자
그림자　　그림자
그림자　　그림자
그림자　　그림자

왕의 그림자

인생은 점점 길어진다
말하자면 점점 짧아진다

에른스트 얀들

                  두 뼘
한 뼘   세 뼘
                    네 뼘

            이틀
      하루   사흘
                나흘
                닷새 엿새
                      이레

        봄
  겨울   여름
            가을 겨울
              봄 여름 가을 겨울

어디론가 가고 있는 자벌레

바람이 분다
살아 봐야겠다

폴 발레리

다바다다　다바다다　다바다다　다바다다　다바다다
다바다다　다바다다　다　　　다　다바다다　다바다다
다바다다　다바다다　　　　　　다바다다　다바다다
다바다다　다바　　ㅇ　　　ㅇ　　　다다　다바다다
다바다다　　　　　　　　　　　　　　다바다다
다바　　　　　　　　　　　　　　다다
다　　　　　　　　　　　　　　　바
다바다　　　　　　　　　　　　바다다
다바다다　　　　　다　다　　　　다바다다
다바다다다바다다　다　　　　바다다　다바다다다
다바다다다바다다　다바　　　다다바다다　다바다다
다바다다다바다다바다　　　바다다다바다다다　바다
다바다다다바다다바　　바다다　바다다　다바다다다
다바다다다바다　　　바다다바다다　다바다다다다바
다바다다다바　　　바다다　바다다　다바다다다바다다
다바다다다　　바다다　바다다　다바다다다바다다다다

　　　　　　　　　　　　　　　　　　　다 바다다
　　　　　　　　　　　　　　　　　　　다 바다다

　　　　　　　　　　　　　　바다 위로 날아오르는 가오리

붕(鵬)새가 한번 기운을 떨쳐 날면
그 날개가 마치 하늘에 드리운 구름과 같다

장자

삑삑도요

꼬까도요 마도요

좀도요 꺅도요 알락도요

깝작도요 청도요 검은꼬까도요

긴부리마도요 긴부리참도요 꺅도요사촌

꼬마도요 누른도요 메추라기도요 목도리도요

목장도요 바늘꼬리도요 바위도요 북미노랑발도요

붉은발도요 붉은배지느러미발도요 세가락도요

쇠부리도요 아메리카도요 에스키모쇠부리도요

옅은가슴삑삑도요 큰노랑발도요 민물도요

짧은부리도요 청다리도요사촌 중부리도요

큰꺅도요 큰뒷부리도요 큰부리도요

푸에고꺅도요 알락꼬리마도요 학도요

흰허리도요 종달도요 흰배중부리도요

숲꺅도요 주홍도요 흑꼬리도요

청다리도요 멧도요 붉은갯도요

큰지느러미발도요 흰꼬리좀도요

넓적부리도요 쇠청다리도요

캐나다흑꼬리도요

지느러미발도요

노랑발도요

작은도요

도요새

에라 술이나 먹자

도연명

```
            술 술 술
          술 술 술 술 술
          술 술 술 술
        술 술 술 술 술 술 술 술
      술 술 술 술 술 술 술 술 술 술 술
    술 술 술 술 술 술 술 술 술 술 술 술 술
  술 술 술 술 술 술 술 술 술 술 술 술 술 술 술
술 술 술 술 술 술 술 술 술 술 술        술 술 술
술 술 술 술 술 술 술 술 술 술            술 술 술
  술 술 술 술 술 술 술 술 술              술 술 술
    술     술     술     술              술 술 술
                                        술 술
                                      술 술
                                      술 술
                                    술
```

코끼리 모양의 술항아리

나는 한 획으로
산천의 신기를 꿰뚫을 수 있다

석도

바
　나나　　　　　바
　　바나나　　　　나나　　　　바
　　바나나　　　바나나　　　나나
　　　바나나　　바나나　　바나나
　　　바나나　　바나나　　바나나
　　　바나나나　　바나나　　바나나
　　　바나나나나　　바나나나　　바나나나
　　　바나나나나　　　바나나나나　　바나나나
　　　바나나나　　　바나나나나　　바나나나나
　　　바나나　　　바나나나　　　바나나나나
　　　바나나　　　바나나　　　바나나나
　　바나나　　　바나나　　　바나나
　　바나나　　　바나나　　　바나나
　바나　　　　바나나　　　바나나
　나　　　　　바나　　　　바나나
　　　　　　　나　　　　　바나
　　　　　　　　　　　　　나

앤디 워홀의 바나나

빈 배에 달빛 가득 싣고 돌아오네

화정 선자

밤밤밤밤밤밤밤밤밤밤밤밤밤밤밤밤밤밤밤밤밤밤밤밤밤
밤밤밤밤밤밤밤밤밤밤밤밤밤밤밤밤밤밤밤밤밤밤밤밤밤
밤밤밤밤밤밤밤밤밤밤　　　　밤밤밤밤밤밤밤밤밤밤밤밤
밤밤밤밤밤밤밤밤밤밤　　　　밤밤밤밤밤밤밤밤밤밤밤밤
밤밤밤밤밤밤밤밤밤밤　　　　밤밤밤밤밤밤밤밤밤밤밤밤
밤밤밤밤밤밤밤밤밤밤　　　　밤밤밤밤밤밤밤밤밤밤밤밤
밤밤밤밤밤밤밤　　　밤　　　　밤밤밤밤밤밤밤밤밤밤
밤밤밤밤밤밤　　밤밤밤밤　　밤밤　　밤밤밤밤밤밤밤
밤밤밤밤　　밤밤밤밤　　　밤밤밤　　밤밤밤밤밤밤
밤밤밤　　밤밤밤밤　　　　밤밤밤　　밤밤밤밤밤
밤밤　　밤밤밤밤　　　　　밤밤밤밤　　밤밤밤밤
밤밤　　밤밤밤밤　　　　　밤밤밤밤　　밤밤밤
밤밤밤　　밤밤밤밤　　　　밤밤밤밤밤　　밤밤밤
밤밤밤밤　　밤밤밤밤　　　밤밤밤밤밤　　밤밤밤
밤밤밤밤밤　　밤밤밤밤　　밤밤밤밤밤　　밤밤밤밤
밤밤밤밤밤밤　　밤밤밤밤　밤밤밤밤　　밤밤밤밤밤
밤밤밤밤밤밤밤　　밤밤밤밤밤밤밤밤밤　　밤밤밤밤밤
밤밤밤밤밤밤밤밤　　밤밤밤밤밤밤　　밤밤밤밤밤밤밤
밤밤밤밤밤밤밤밤밤　　　　밤밤밤밤밤밤밤밤밤밤
밤밤밤밤밤밤밤밤밤밤　　밤밤밤밤밤밤밤밤밤밤밤
밤밤밤밤밤밤밤밤밤　　　밤밤밤밤밤밤밤밤밤밤밤
밤밤밤밤밤밤밤밤밤　　　밤밤밤밤밤밤밤밤밤밤밤
밤밤밤밤밤밤밤밤밤　　　밤밤밤밤밤밤밤밤밤밤밤
밤밤밤밤밤밤밤밤밤밤　　밤밤밤밤밤밤밤밤밤밤밤
밤밤밤밤밤밤밤밤밤밤　　밤밤밤밤밤밤밤밤밤밤밤
밤밤밤밤밤밤밤밤밤밤밤밤밤밤밤밤밤밤밤밤밤밤밤밤밤

물속의 달을 건지는 긴팔원숭이

내가 먹는 이 빵은 한때
귀리였다

딜런 토마스

```
          귀
           리
          귀            귀
           리        리      귀
  귀        귀      귀    리
   리        리    리    귀
      귀      귀    귀  리
        리    리  리  귀
귀 리 귀 리  귀  귀 귀  귀 리
        리 리 리 리 리
        귀 리 귀 리
          리 리 리
          귀 리
           귀 리
            귀
             리
              귀
               리
                귀
                 리
```

농부의 손

밥그릇 하나 들고
사바세계를 살았네

어떤 스님

쥐코밥상
코　　　밥
밥　　　코
상밥코쥐

콩알 먹자
팥알 먹자

쥐코밥상

세상에 나를 알아주는 이 없네

최치원

오이장아찌

도라지장아찌 무시래기장아찌

복숭아장아찌 시금치장아찌 죽순장아찌

개두릅장아찌 엉겅퀴뿌리장아찌 무장아찌

오이장아찌	굴비장아찌
마늘장아찌	미역장아찌
대추장아찌	북어장아찌
고추장아찌	전복장아찌
더덕장아찌	파래장아찌
아욱장아찌	깻잎장아찌
양파장아찌	콩잎장아찌
달래장아찌	사과장아찌
머위장아찌	가지장아찌
곰취장아찌	대파장아찌
매실장아찌	수박장아찌
애호박장아찌	미나리장아찌

질경이장아찌 고구마순장아찌 표고장아찌

명이나물장아찌 곤드레장아찌 부추장아찌

개두릅장아찌 엉겅퀴뿌리장아찌 무장아찌

복숭아장아찌 시금치장아찌 죽순장아찌

도라지장아찌 무시래기장아찌

꿈 없는 날들을 위한 장아찌

가갸 거겨
고교 구규
그기 가

라랴 러려
로료 루류
르리 라

한하운

가갸거겨고교구규그기가갸라랴러려로료루류르리라랴
가갸거겨고교구규그기가갸라랴러려로료루류르리라랴
가갸　거겨고교구규　　　　　로료루류르리　라랴
가갸　거겨고교구　　　　　　료루류르리　라랴
가갸　거겨고교　　ㅇ　　ㅇ　　로료루류　라랴
가갸　거겨고교　　　　　　　로로루류　라랴
가갸　　　　　　　　　　　　　　　라랴
가갸거겨고교구규　　　　　　료루류르리라랴
가갸거겨고교구규　　　　　　료루류르리라랴
가갸거겨고교구규　　　　　　료루류르리라랴
가갸거겨고교구규　　　　　　료루류르리라랴
가　　　　　　　　　　　　　　　라
가갸　　　고교구규그기가갸라랴러려로료　　　라랴
가갸거겨　　교구규그기가갸라랴러려로　　르리라랴
가갸거겨고　　구규그기가갸라랴러려　　류르리라랴
가갸거겨고교　구규그기가갸라랴러　　루류르리라랴
가갸거겨고　　교구규그기가갸라랴러려　　류르리라랴
가갸거겨　　고교구규그기가갸라랴러려로　　르리라랴
가갸거겨고교구규그기가갸라랴러려로료루류르리라랴

개구리

진흙소 두 마리가 싸우다가
바다로 들어갔는데
아직도 아무런 소식이 없다

은산

아귀아귀 아귀아귀 아귀아귀 아귀아귀
아귀아귀 아귀아귀 아귀아귀 아귀아귀
아귀아귀 아귀　　　　아귀 아귀아귀
아귀아귀 아　ㅇ　ㅇ　아 아귀아귀
아귀아귀　　　　　　　아귀아귀
아귀아귀　　　　　　　아귀아귀
아귀아귀　　배고프다　아귀아귀
아귀아귀　　　　　　　아귀아귀
아귀아귀 아　　　　아 아귀아귀
아귀아귀 아귀　　아귀 아귀아귀
아귀아귀 아귀아　아귀아귀 아귀아귀
아귀아귀 아귀아　아귀아귀 아귀아귀
아귀아귀 아귀아　아귀아귀 아귀아귀
아귀아귀 아귀아　아귀아귀 아귀아귀
아귀아귀 아귀아　아귀아귀 아귀아귀
아귀아귀 아귀아귀 아귀아귀 아귀아귀

심해아귀

마음은 길 없는 길을 걷고
들 없는 들길을 걸었으니
걸어도 발자국은 없는 것

에필로그 _ 최승호

                                              낙타
         낙타   낙타   낙타 낙타 낙타
            낙타 낙타   낙타 낙타   낙타 낙타 낙타 낙타
            낙타 낙타 낙타   낙타 낙타 낙타   낙타 낙타 낙타 낙타
         낙타 낙타 낙타 낙타 낙타 낙타 낙타 낙타 낙타 낙타
      낙타 낙타 낙타 낙타 낙타 낙타 낙타 낙타 낙타
         낙타   낙타   낙타 낙타
         낙타   낙타   낙타   낙타
      낙타   낙타   낙타   낙타
         낙타   낙타   낙타   낙타
      낙타   낙타   낙타   낙타

                                         타박타박
                                         터벅터벅

                              자코메티와 함께 걸어간 낙타

작품 해설

한글 비주얼 포엠의 새로운 가능성

류신

(문학평론가·중앙대학교 유럽문화학부 교수)

운문에서 배열로

1960~1970년대 독일과 오스트리아를 중심으로 시작돼
국제적인 운동으로 발전한 구체시는 여전히 우리에게는 낯설고
난해한 장르로 받아들여지고 있다. 하지만 알게 모르게 우리
현대 시의 곡간 한편엔 구체시의 범주에 속할 만한 작품들이 더러
쌓여 있다. 뒤집힌 숫자의 배열을 시로 승화시킨 이상의
「오감도 시제4호(烏瞰圖 詩第四號)」는 오히려 서구의 구체시를
선취한 작품으로 재평가될 수 있겠고, 1980년대 부르주아적
메타언어를 부정하고 새로운 대안을 제시하기 위해 시에 그림을
삽입했던 황지우와 박남철의 해체 시도 구체시의 변주로
인정받을 수 있으며, 1990년대 활동한 연왕모와 채호기의 일부
시편에서도 구체시와 유사한 언어 실험이 감행된 바 있다. 또한
1990년대 말부터 배열, 회문, 인쇄면 구성 등 구체시 시작법의
주요 매뉴얼을 한글 자모음에 창의적으로 적용해 한글 구체시의
자장을 넓힌 고원의 작품은 각별하고 소중한 자산이다. 한국
현대 시의 비주류 아웃사이더로 불러도 무방한 이 구체시
소수파의 실험 대열에, 최승호 시인이 조용히 출사표를 던졌다.
감정이 배제된 객관적인 시선으로 현대 물질문명을 날카롭게
비판해 온 '중견 시인' 최승호보다, 시인 특유의 유머와 풍자에
기반한 언어유희와 동시를 결합해 '말놀이 동시'란 독보적인
장르를 개척한 '동시 시인' 최승호가 먼저 떠올랐다. 그가 동심의
눈으로 소리글자인 우리 한글로 그린 구체시의 모습이 어떨지,

자못 궁금할 수밖에 없다. 언어 중심의 사유 방식에서 '이미지로의 패러다임 전환(pictorial turn)'이 속도를 내는 작금의 다매체 시대에 최승호의 구체시는 어떤 새로운 가능성을 모색하고 있는가?

　　최승호의 구체시는 한글 문자와 단어를 배열해 만든 언어 미술이다. 그는 언어를 인간의 정신을 대변하는 추상적인 기호 체계로 사용하는 동시에 활자공처럼 손으로 직접 만지고 뒤집고 여기저기 옮겨 활판에 배치하는 구체적인 오브제로 다룬다. 그에게 문자는 기호 이전에 물질이다. 그는 언어를 조탁하기보다 조작한다. 언어를 자신이 의도한 특정한 형태를 조형하기 위한 타이포그래피(typography)의 미학적 재료로 사용하는 것이다. 말하자면 그는 한 편의 텍스트를 한 폭의 그림처럼 시각적인 통일체로 인식될 수 있도록 철자와 단어를 스타카토식으로 또렷하게 끊어 주도면밀하게 반복 배열한다. 이를 통해 그는 문자로 빚은 시각적 이미지 자체를 시적 성찰의 대상으로 만든다. 문학과 미술, 문자와 이미지의 경계를 지우려는 이런 시도를 통해 서정적 자아의 뜨거운 입김은 사라지고, 행, 연, 압운과 같은 전통적인 시 형식은 포기되며, 의미와 문맥을 형성하는 선형적인 글쓰기의 흐름은 단절된다.

　　이와 같은 최승호의 '한글 비주얼 포엠(Visual Poem)'을 본격적으로 감상하기에 앞서 눈에 띄는 중요한 형식적인 특징을 일별해 본다. 문자로 쓰인 '텍스트'와 문자로 그린 '그림'이 혼용된 최승호의 구체시는 쪽마다 예외 없이 3단계(문자─그림─문자)로 구성되어 있다. 먼저 왼쪽에 시인이 인용한 짧은 시구, 격언, 잠언, 철학적 아포리즘 등이 작품의 '모토(motto)'로 자리 잡는다.

그 모토 오른쪽에 문자나 단어를 배열해 그린 '그림'이 주인공처럼 위치한다. 그리고 지면의 중앙에 배치된 이 그림 밑에는 이 작품의 제목이 표기되고, 때에 따라서는 이 제목 위에 그림에 대한 촌철 같은 단상이 단시(短詩) 형식으로 추가된다. 따라서 이번 시집은 문자나 단어를 읽으면서(독서) 동시에 문자나 단어로 구축된 그림을 보는(관람) 종합적인 매체 체험을 유도한다.

최승호 시인이 일관되게 견지하는, 문자(상)-그림(중)-문자(하)의 3단 구성은 제바스티안 브란트의 『바보배』(1494)의 지면 구성 원리와 흡사하다. 인문학에 대한 해박한 지식을 바탕으로 성서와 고전문학 등을 적절하게 인용해 종교개혁 직전 타락한 종교와 중세 말기 부패한 사회를 통렬하게 풍자한 『바보배』를 펼쳐 보면, 매 쪽마다 목판으로 찍은 그림(pictura)이 중앙에 위치하고, 그림 위쪽에는 모토(inscriptio)가, 그림 아래쪽에는 각 장의 제목(titulus)과 운문시가 자리 잡고 있음을 알 수 있다. 여기서 판화 그림은 모토로 제시된 문제의식을 회화적으로 요약하거나 운문시의 내용을 부연하는 삽화 역할을 한다. 혹은 역으로, 문자 텍스트를 통해 미처 표현할 수 없는 지점을 특정 이미지로 가시화한다. 따라서 독자는 텍스트와 그림을 번갈아 읽고 보고, 보고 읽으면서 주제에 입체적으로 접근할 수 있게 된다.

『바보배』처럼 최승호의 비주얼 포엠에서도 다선형적 매체 체험이 가능하다. 좌우상하로 이어지는 전통적인 선형적 독서방식에서 해방되어 읽기와 보기의 순서와 방향을 사유롭게 실세알 수 있다. 관성에 따라 모토를 먼저 읽고 그림을 보고 제목을 읽어도

무방하다. 그림을 먼저 관람하고 제목을 읽은 후, 모토를
음미해도 좋다. 제목을 먼저 품고 모토를 저작(咀嚼)한 후, 그림을
감상하면 어떠하리. 모토가 알쏭달쏭하고 단시가 부담스럽다면,
과감히 문자 텍스트를 버리고 그림만 감상해도 숨은그림찾기
놀이처럼 즐거울 것이다.

자, 이제 우리는 최승호의 비주얼 포엠과 재밌게 놀이를
할 준비가 됐다. 흥미로운 상상에 빠져들 때 인간의 정신은
노동하지 않고 논다. 최승호 시인이 모색하는 한글 비주얼 포엠의
새로운 가능성을 살피는 이 여정의 끝에서, 예술의 기원은
유희에 있고 인간의 원형은 호모 루덴스(homo ludens)라는 가설이
설득력을 얻으면 더할 나위가 없겠다.

재현과 표현의 변증법

```
        펭귄펭귄
        펭귄펭귄펭
        펭귄펭귄펭
        펭귄펭귄펭
       펭귄펭귄펭귄펭
      펭귄펭귄펭귄펭귄펭귄
   펭귄펭귄펭        귄펭귄펭귄펭
   펭귄펭귄펭귄펭        귄펭귄펭귄펭귄
   펭귄펭귄펭귄펭귄        펭귄펭귄펭귄펭귄
      펭귄            펭귄
      펭귄            펭귄
       펭귄           펭귄
       펭귄          펭귄
       펭귄          펭귄
        펭귄         펭귄
        펭귄        펭귄
       펭귄펭귄    펭귄펭귄
```

이 시집을 여는 첫 작품 「펭귄」은 이음절 단어의 배열로
'텍스트 형체'를 그린 전형적인 형상시(Figurengedicht)이다. 치밀한
구성적 관점 아래 '펭귄'이란 명사를 반복해 배치함으로써 실제
남극의 바닷가에 군집을 이루고 사는 펭귄의 모습을 시각적인
이미지로 표현한 작품이다. 여기서 펭귄이란 단어는 이중적인
기능을 수행한다. 첫째 '펭귄'은 기표와 기의로 구성된 기호이다.
외래어 '펭귄(penguin)'이라는 철자(ㅍ－ㅔ－ㅇ－ㄱ－ㅜ－ㅣ－ㄴ)가
표기되거나 발화되는 순간(기표), 우리의 머릿속에는 방추형의
몸에 짧은 날개를 펴고 곧추서서 뒤뚱뒤뚱 걸어가는 남극의
바닷새 펭귄이란 개념(기의)이 자연스럽게 떠오르는데, 이 작품에서
'펭귄'이란 기호형태(기표)는 기호내용(기의)을 지시한다는 측면에서
소쉬르가 정의한 언어적 기호로 볼 수 있다. 우리는 펭귄이라는
단어를 눈으로 보거나 그것이 발화되는 소리를 들으면, 실제 펭귄의
모습을 표상할 수 있다. 이때 '펭귄'이란 단어는 눈앞에 실존하지
않는 펭귄을 일종의 심리적 실체로서 재현(representation)한다.
이렇게 보면 '펭귄'이라는 단어는 한 번만 사용돼도 충분하다.
그런데 최승호 시인은 무려 54회나 반복하여 사용한다.
이유는 무엇일까? 여기서 시인이 미학적으로 실험하는 문자의 또
다른 역할이 드러난다. 우리는 '펭' 자만을 보고 남극의 바닷새
펭귄을 연상하기 힘들다. '귄'자만 듣고 연미복을 입은 남극의
신사 펭귄을 생각해 내기도 쉽지 않다. '펭' 자는 '귄' 자와 결합할 때
언어적 기호로서 작동한다. 이것이 특정 언어공동체를 살아가는
우리 의식 속에 오랫동안 관습적으로 굳어진 언어에 대한 약속이다.

하지만 최승호 시인은 '펭' 자와 '귄' 자 사이의 불가분의 관계성(펭+귄)을 부정하고 '펭' 자와 '귄' 자에 새로운 독립적 가치를 부여한다. 우리의 일상적인 언어생활에서는 거의 사용되지 않을 뿐만 아니라 특정한 의미도 내포하지 않은 — 그래서 주류에서 벗어난 소외된 한글 문자로 해석될 수 있는 — '펭' 자와 '귄' 자는 관습적인 언어 기호 체계에서 해방되어 실제 살아 있는 펭귄을 시각적으로 가시화하는 칼리그람(calligramme)으로서 기능한다. 이때 59회나 사용된 '펭' 자와 54번 사용된 '귄' 자는 실제 펭귄의 형상을 시각적 이미지로 표현(presentation)한다. 칼리그람의 재료로서 새로운 생명을 얻은 '펭' 자와 '귄' 자의 자유로운 유희를 보라. 언어의 관습에서 해방된 두 활자가 서로 교차하며 밟는 크로스 스텝을 보라. 이제 꼭 '펭귄(펭+귄)'이라고만 읽을 필요조차 없어졌다. "귄펭"이라고 읽어도 무방하다. "귄펭귄" 혹은 "펭귄펭"이라고 봐도 좋다. 펭귄의 오른쪽 날개를 형상화한 "귄펭귄펭귄펭"(7행)이라는 흥미로운 문자의 조합을 발음해 보라. 마치 펭귄의 울음소리처럼 묘한 리듬감이 느껴진다. 이처럼 '펭' 자와 '귄' 자 사이의 오랜 결속 관계를 부인하려는 최승호 시인의 미학적 의지는 특히 7행과 8행에 잘 나타난다.

펭귄펭귄펭	귄펭귄펭귄펭	(7행)
펭귄펭귄펭귄펭	귄펭귄펭귄펭귄	(8행)

펭귄을 상징하는 '하얀 배'를 형상화하기 위해 펭 자와 귄 자
사이의 자간을 의식적으로 길게 띄운 7~8행은 기성의 언어
문법에서 해방된 한글 비주얼 포엠의 새로운 방향을 모색하는
시인의 전략을 보여 준다. 요컨대 '펭' 자와 '귄' 자는 의미를
재현하는 추상적인 기호를 넘어 남극을 활보하는 실제 펭귄을
직접 표현한 구체적인 물질로 전환된다. 이렇게 보면 마지막 17행에
나열된 첫 번째 "펭귄펭귄"은 실제 펭귄을 지시하는 기호이면서
동시에 펭귄의 왼쪽 다리라면, 두 번째 "펭귄펭귄"은 오른쪽 다리
그 자체이다. 일반적으로 구체시는 기호의 이면에 누적되어 온
전통적인 의미를 근본적으로 부정하고 문자의 물질성을 극단적으로
부각한다. 하지만 최승호는 문자의 재현 방식과 이미지의
표현 방식을 변증법적으로 결합해 색다른 시적 긴장을 직조하는
한글 구체시의 새로운 가능성을 타진한다.

　　여기서 독해를 멈춘다면 최승호표 한글 비주얼 포엠이
분무(噴霧)하는 매력의 절반만 맛본 셈이다. 지금까지 「펭귄」을
보았다면(감상) 이제는 「펭귄」을 읽을(해석) 차례이다. 「펭귄」과
마주친 독자는 누구나 먼저 이런 의문을 품을 수 있다. 최승호
시인이 단어로 그린 흥미로운 펭귄 이미지를 통해 궁극적으로
말하고 싶었던 것은 무엇일까? 무엇보다 먼저 독법의
방향 전환이 필요하다. 지금까지는 작품 하단의 표제 「펭귄」을
근거로 시인이 문자로 시각적으로 표현한 것이 펭귄임을 눈으로
확인할 수 있었디면, 이제는 작품 상단의 모토를 품고
펭귄 이미지를 재해석해야 한다. 시각적 검증이 아니라 성찰적

고민이 필요한 단계가 온 것이다. 시인이 '책을 내면서'에서
밝히고 있듯이, 개별 작품의 모토로 인용된 "은하수나 달빛처럼
값을 매길 수 없는" 문장들은 시인이 평생 글을 쓰며 살아가는 데
있어 표어나 신조로 삼은 소중한 자산이다. 「펭귄」의 모토
"이 추운 세상의 한구석에 맑고 가난한 친구가 하나 있어서"는
백석 시인의 「가무래기의 낙(樂)」에 나오는 시구이다. 전문을
인용한다.

> 가무락조개 난 뒷간거리에
> 빚을 얻으려 나는 왔다
> 빚이 안 되어 가는 탓에
> 가무래기도 나도 모도 춥다
> 추운 거리의 그도 추운 능당 쪽을 걸어가며
> 내 마음은 우쭐댄다 그 무슨 기쁨에 우쭐댄다
> 이 추운 세상의 한구석에
> 맑고 가난한 친구가 하나 있어서
> 내가 이렇게 추운 거리를 지나온 걸
> 얼마나 기뻐하며 락단하고
> 그즈런히 손깍지벼개하고 누워서
> 이 못된 놈의 세상을 크게 크게 욕할 것이다*

* 백석, 고형진 엮음, 『정본 백석 시집』(문학동네, 2001), 112쪽.

백석 시인을 암시하는 시적 자아 '나'는 누군가에게 돈을
빌리기 위해 저잣거리로 나간다. 그러나 냉정한 현실의 벽을
확인했을 뿐이다. 시인은 팔기 위해 어물전에 내놓은 모시조개
("가무래기")의 처지에 동병상련을 느낀다. 빈 주머니로 쓸쓸히
거리를 걷는 시인에게 가뜩이나 추운 날씨가 더욱 냉랭하게
다가오는 이유이다. 그런데 시인은 냉정한 현실의 외면에도
불구하고 낙담하지 않고 기뻐하며 우쭐댄다. 이 비정한 세상
("이 추운 세상") 한편에서 자신을 지지하고 격려해 주는
"맑고 가난한 친구"가 있다는 사실을 불현듯 떠올렸기 때문이다.
현실에 순응하거나 타협하지 않고 자신의 신념을 고수하며 사는
이 친구는, 시인을 대신해 "이 못된 놈의 세상"에 통쾌하게
비난을 퍼붓는다.

이제 백석의 시구 "이 추운 세상의 한구석에/ 맑고 가난한
친구가 하나 있어서"를 품고 다시 최승호의 「펭귄」으로 돌아가자.
"이 추운 세상의 한구석"은 세상의 오지(奧地) 남극의 이미지를
자연스럽게 연상시키고, "맑고 가난한 친구"의 이미지는 비록
아무것도 가진 것 없지만 꿋꿋하게 살아가는 펭귄의 모습을
떠올리게 한다. 백석 시인이 고향을 상실하고 느낀 외로움, 쓸쓸함,
서러움, 슬픔 속에서도 어딘가 존재하는 친구를 떠올리며 삶을
향한 한 줌의 희망을 포기하지 않았던 것처럼, 최승호 시인은
실패하고 절망할 때마다 백석 시인을 자신의 시작 활동에 위안을
주는 소중한 친구처럼 여겼을 터이다. 이런 맥락에서 보면,
최승호 시인에게 이 추운 세상의 한구석에 사는 맑고 가난한

친구(펭귄)는 백석 시인이다. 이런 백석 시인의 존재감은 펭 자와 귄 자로 그린 펭귄 그림에서도 발견된다. 펭귄의 하얀 배를 형상화하기 위해, 펭 자와 귄 자의 자간을 의식적으로 넓게 만들거나 띄어쓰기의 간격을 고무줄처럼 늘였다 줄였다 하며 창출한 빈 공간을 보라. 내게 이 공백의 윤곽은 작은 촛불처럼 보인다. 그렇다면 이런 해석도 가능할 것이다. 차가운 눈과 얼음 위에 선 이 촛불은, 백석 시인을 사랑하는 최승호 시인의 마음이다. 또한 가장 혹독한 환경 속에서도 쉽사리 꺼지지 않는 이 촛불은, 냉랭하고 비정한 세상 위에서 오롯이 빛나는 한 줌의 위로이자 희망이다. 정작 이 시의 주제는 문자로 그려진 펭귄의 형상을 통해 표현되지 않는다. 이 시의 전언은 활자들로 에둘러 싸여 창출된 빈 곳에서 말없이 메아리친다.

공백의 미학

텅 비어 있지만 충만하다. 어떤 단어도, 어떤 문장도 부재한 무언의 공간이 시의 핵심 전언을 증명할 수 있는 역설이, 이번 시집에서 주목해야 할 특징 중 하나이다. 마치 배경은 그대로 두고 주제 부분만을 파내어, 검은 잉크로 찍었을 때 배경은 검게, 주제는 희게 표현되는 음각 판화처럼, 단어들은 대개 주제를 부각하기 위한 배경으로 사용되고 단어들로 포위된 빈 공간에서 시의 주제 이미지가 돋을새김 된다. 다른 비유를 들자면 최승호의

음각 문자 판화는 명암 처리법을 통해 주제를 극적으로 표현한
바로크 시대 키아로스쿠로(chiaroscuro) 회화를 닮았다. 예컨대
반복적으로 빽빽이 배열된 "스모그"라는 단어의 숲에서 돌연
장의차가 스포트라이트를 받으며 등장하고(「라르고, 라는 이름의
멋진 장의차」), "아귀아귀"라는 단어들의 아우성 속에서 굶주린
아귀의 모습이 또렷이 나타나며(「심해아귀」), 수많은 "밤" 자가
씨줄과 날줄이 되어 직조된 검은 양탄자 위로 숨어 있던
긴팔원숭이가 제 모습을 드러낸다(「물속의 달을 건지는 긴팔원숭이」).
이번 시집에 실린 음각 문자 판화 중 특히 인상적인 작품 셋을 뽑아
소개한다. 먼저 장대비를 맞으며 터벅터벅 걸어가는 나귀의
형상을 통해 시인 파블로 네루다가 느끼는 고독감과 멜랑콜리의
정조를 시각적으로 표현한 「비 속의 나귀」를 보면, '비' 자는
비 내리는 밤의 풍경을 형상화한 후경으로 물러나고 정작 '비' 자에
포위되어 만들어진 가운데 공백에서 나귀의 모습이 오롯하다.
　　문자는 배경으로 후퇴하고 공백이 주인공으로 등장한 또 하나의

```
비비비비비비비비비비비비비비비비비비비비비비비비비비비비비비비
비비비비비비비비비비비비비비비비비비비비비비비비비비비비비비비
비비비비비비비비비비비비비비비비비비비비비비비비비비비비    비비비
비비비비비비비비비비비비비비비비비비비비비비비    비비비         비비비
비비비비비                                              비비비
비비비비                                           비비비비
비                                              비비비비
비비비비            비비비비비비비비비              비비비비
비비비비            비비비비비비비비비             비비비비비
비비비비    비비비비비    비비비비비비비비비비비비비
비비비비    비비비비비    비비비비비비비비비비비비비
비비비비    비비비비비    비비비비비비비비비비비비비
비비비비비    비비비비비비비    비비비비비비비비비비비비비
비비비비    비비비비    비비비비비비비비비비비비비
비비비비비비비비비비비비비비비비비비비비비비비비비비
비비비비비비비비비비비비비비비비비비비비비비비비비비
```

흥미로운 실례로「바다 위로 날아오르는 가오리」를 꼽을 수 있다.
이 작품의 모토는 폴 발레리의「해변의 묘지」의 유명한 시구이다.
스테판 말라르메와 견줄 만한 문학 천재로 주목받던 스물한 살의
청년 발레리는 실존적 고민에 휩싸여 돌연 절필을 선언하고
프랑스 문단을 떠났다가, 20년의 오랜 침묵을 깨고 문단으로
복귀하며 다음처럼 부르짖는다. "바람이 분다/ 살아 봐야겠다/
세찬 바람은 내 책을 여닫고/ 파도는 분말로 바위에서 마구
솟구치나니!/ 날아라 온통 눈부신 책장들이여!/ 부숴라 파도여!
/ 뛰노는 물살로 부숴 버려라"* 잠자던 발레리의 심장에서
암중비약(暗中飛躍)하는 감정의 폭풍을 보라. 세찬 바닷바람에서
삶을 향한 의지가 느껴진다. 솟구치는 파도에서 문학을 향한
박동이 감지된다. 여기서 최승호 시인은 발레리의 절창을
바다 위로 비상하는 역동적인 가오리의 표상으로 형상화한다.

```
          다바다다 다바다다 다바다다 다바다다 다바다다
          다바다다 다바다다 다    다 다바다다 다바다다
          다바다다 다바다다        다바다다 다바다다
          다바다다 다바      ○   ○     다다 다바다다
          다바다다                     다바다다
          다바                          다다
          다                            바
          다바다                        바다다
          다바다다        다 다         다바다다
          다바다다다바다다 다        바다다 다바다다다
          다바다다다바다다 다바      다다바다다 다바다다
          다바다다다바다다바다     바다다다바다다다 바다
          다바다다다바다다바   바다다 바다다 다바다다다
          다바다다다바다    바다다바다다 다바다다다바다
          다바다다다바   바다다 바다다 다바다다다바다다
          다바다다다   바다다 바다다 다바다다다바다다다다
```

* 폴 발레리, 김현 옮김, 『해변의 묘지』(민음사, 1973), 104쪽.

단속적(斷續的)으로 나열되는 "다바다다"라는 문장은 바다를
기호학적으로 재현할 뿐만 아니라, 가오리가 자유롭게 유영하는
드넓은 바다를 시각적인 이미지로 표현한다. 여기서 흥미로운
지점은, "다바다다"라는 문장이 경쾌한 랩처럼 리듬감을 유발하며
바다의 광활함과 생명력을 청각적으로 환기하고 있다는 사실이다.
부연하자면, 남거나 빠진 것 없이 모두를 의미하는 부사 '다',
지구 표면적의 약 70퍼센트를 차지하며 짠물이 괸 넓은 부분을
뜻하는 명사 '바다'의 '다', 그리고 어떤 사건이나 사실, 상태를
서술하는 뜻을 나타내는 종결어미 '다'가 숨 가쁘게 조합되며
변주되기도 하고("다다바다다"[11행], "다바다다다바다다다"[16행]),
돌연 끊어지기도 하면서("다 다"[2행], "다바 다다바다다"[11행])
지금까지 한국 시에서 출현하지 않았던 시적 율조를 만들어 낸다.
여기서 "다바다다"라는 문장이 짧게 혹은 길게 단절되면서 창출되는
빈 공간에서 바다 위로 솟구치는 가오리의 모습이 드러난다.
가로로 넓적한 마름모꼴의 몸과 긴 꼬리, 그리고 바둑알처럼 큰 눈
(한글 자음 ㅇ에서 '그래픽 위트'가 느껴진다.)을 보라.* 영락없는

---

* 한하운의 동시 「개구리」가 모토로 사용된 최승호의 「개구리」에서도 한글 자음 'ㅇ'은
  개구리의 눈을 위트 있게 표현한다. 한하운은 한밤 천둥 치는 굉음으로 울려 퍼지는
  개구리들의 떼울음 소리를 한글 자모음을 외는 어린아이의 목소리에 담아 단순하면서도
  질서정연하게 변주되는 우리말("가갸 거겨/ 고교 구규/ 그기 가// 라랴 러려/
  로료 루류/ 르리 라")로 표현하고 있는데, 여기서 최승호 시인은 한하운의 시구를
  반복적으로 배열하여 개구리의 모습을 시각적으로 출현시킨다. 여기서 개구리의 눈을
  표현한 두 개의 한글 자음 ㅇ은 최승호시 문자 음가 팔하이 화룡점정이다. 「심해아귀」와
  「흑염소」에서도 표음문자(phonogram)인 자음 ㅇ은 동물의 눈을 대표하는
  표의문자(ideogram)로 사용된다.

가오리가 아닌가. 이 가오리에서 발레리가 느꼈던 생을 향한 의지가,
아니 최승호 시인의 심장에서 약동하는 문학을 향한 열정이
'보이지' 않는가? 「바다 위로 날아오르는 가오리」를 보지만 말고
낭랑한 목청으로 음독해 보라. "다바다다 다바다다 다바다다
다바다다". 바닷바람을 온몸으로 맞으며 "바람이 분다/ 살아
봐야겠다"라고 외치는 시인 발레리의 해방감, 말하자면 실존적
각성의 쾌감이 느껴지지 않는가? 최승호 시의 한글 구체시는 눈으로
톺아보면서 입으로 낭송할 때 그 매력이 배가된다.

생의 상승감을 노래한 발레리의 찬가를 들었다면, 이제는
절망의 심연으로 곤두박질치며 절규하는 보들레르의 비가를
감상할 차례이다. 「술병 속의 신천옹」을 보자.

```
                    병병병병
                    병병병병
                    병병병병
                    병병병병
                    병병병병
                    병병병병
                    병병병병
                    병병병병
          병병병병병병병병병병병병병병병병병
          병병병병병병병병병병병병병병병병병
          병병병병병병병       병병병병병병병
          병병병병병병병       병병병병병병병
          병병병병병병병     병병병병병병병병병
          병병병병병병병     병병병병병병병병
          병병병병병병     병병병병병병병병
          병병병병병     병병병병병병병병
          병병병병     병병병병병병병
          병병       병병병병병
          병병병병병   병병병병병병병병병
          병병병병     병병병병병병병병병
          병병병     병병병병병병병병병
          병병병병병병병병병병병병병병병병병병
```

이 작품의 모토는 보들레르 말년의 산문시집 『파리의 우울』에
수록된 「이 세상 밖이라면 어느 곳이라도」이다. 보들레르의 말년은
불우하고 참담했다. 금치산 선고를 받아 46세의 나이로 영면할
때까지 경제적으로 궁핍한 생활 속에 허우적거렸고, 매독으로
신음했으며, 경련, 구토, 악몽, 두통, 신경쇠약, 알코올중독, 신체
마비, 실어증에 시달렸다. 그에게 세상은 견딜 수 없는 지옥과 같은
곳이었고, 삶은 지긋지긋한 환멸의 연속에 다름 아니었다.
「이 세상 밖이라면 어느 곳이라도」의 시구가 그의 비관적인
세계관을 잘 입증한다.

이곳의 삶은 병원, 여기서 환자들은 제가끔 잠자리를 바꾸고
싶은 욕망에 빠져 있다. 어떤 사람은 기왕이면 난로 앞에 누워서
신음했으면 하고, 어떤 사람은 창문 옆에서라면 병이 나을 것이라고
생각한다. 나에겐 내가 현재 있는 곳이 아닌 다른 곳에 가면 언제나
편할 것처럼 생각된다. 그리하여 이 이사 문제는 바로 내가
나의 넋과 끊임없이 논의하는 문제 중 하나다.
"말해 보렴, 넋이여, 차갑게 식은 내 가련한 넋이여, 리스본에 가서
살면 어떨까? 그곳은 분명 따뜻할 테니." (……) 내 넋은 대답이 없다.
"너는 움직이는 광경을 보면서 휴식하는 것을 무척 좋아하니까,
저 복 받은 땅 네덜란드에 가서 살고 싶지 않으냐?" (……) 내 넋은
여전히 말이 없다. (……) "북극에 가서 자리를 잡자 거기서 우리는
오래도록 어둠 속에 잠길 수 있을 것이나." (……)
마침내 내 넋은 폭발한다. 그리고 현명하게 나에게 외치는 것이다.

"어느 곳이라도 좋다! 어느 곳이라도! 이 세상 밖이기만 하다면!"*

   보들레르의 논리를 따라간다면, 이 세상은 병원이고, 우리
삶의 터전은 병상(病床)이며, 그곳에 사는 우리는 환자이다.
난로 앞으로 옮기든, 창가로 이동하든 우리 병은 치유될 수 없다.
리스본으로 가든 네덜란드로 이주하든, 아니면 북극으로 떠나든
완치될 수 없다. 우리는 세계라는 거대한 병원에 갇힌 병자이고
우리 삶 자체가 불치병이기 때문이다. 그러니 이 병원을
탈출할 수 있다면 "어느 곳이라도 좋다! 어느 곳이라도!"라는
보들레르의 절규에 고개가 끄덕여진다. 출구 없는 병원에 수용된
보들레르가 그나마 일말의 위로를 찾을 수 있는 곳은 아마도
망각과 도취의 알코올뿐이었을 것이다. 그렇다면 보들레르의
이러한 난폭한 고뇌를 시각적으로 표현하기 위해 최승호 시인이
선택한 단어는 무엇인가? 바로 '병' 자이다. '병'은 이중적인 의미를
지닌다. 우선 시인은 '병'(瓶) 자를 반복적으로 배열하여 술병을
그린다. 보들레르의 비관이 낳은 지독한 우울을 술병에 담아
표현한 것이다. 동시에 시인은 '병'(病) 자를 벽돌처럼 반복적으로
쌓아 견고한 병원을 짓는다. 인생은 종합병원이라는 보들레르의
비관을 반영한 최승호식 비주얼 포엠의 축조술이다.
   이제 술병 속에 나타나는 공백의 형상을 해명할 때가 왔다.
얼핏 보면 크리스마스트리로 볼 수도 있겠지만 시의 제목

* 샤를 피에르 보들레르, 윤영애 옮김, 『파리의 우울』(민음사, 2008), 265-267쪽.

「술병 속의 신천옹」을 보면 금방 의문이 풀린다. 신천옹(信天翁), 즉 크고 흰 날개를 휘저으며 바다 위를 누비는 거대한 해조(海鳥) 알바트로스가 바로 술병 속 형상의 정체이다. 그런데 이상하지 않은가? 이 새의 형상을 팔모로 살펴봐도 위풍당당한 기품이 감지되지 않는다. 거창한 나래를 활짝 펴고 유유히 창공을 날며, 표표히 세상을 굽어보아야 할 "창공의 왕자" 알바트로스의 모습으로 보기 힘들다. 어딘가 주눅 들어 보인다. 왜일까? 알바트로스가 날개를 접은 사연을 보들레르의 시 「알바트로스」에서 확인할 수 있다.

갑판 위에 일단 잡아놓기만 하면,
이 창공의 왕자도 서툴고 수줍어
가엾게도 그 크고 흰 날개를
노처럼 옆구리에 질질 끄는구나.

날개 달린 이 나그네, 얼마나 서툴고 기가 죽었는가!
좀 전만 해도 그렇게 멋있었던 것이, 어이 저리 우습고 흉한 꼴인가?
어떤 사람은 파이프로 부리를 건드려 약 올리고,
어떤 사람은 절름절름 전에 하늘을 날던 병신을 흉내 낸다!

시인도 이 구름의 왕자를 닮아,
폭풍 속을 넘나들고 사수를 비웃건만,
땅 위, 야유 속에 내몰리니,

그 거창한 날개도 걷는 데 방해가 될 뿐.*

　「알바트로스」는 1841년 인도 캘커타행 배에 승선했던
보들레르의 기억을 담고 있다. 무절제하고 방탕한 청년기를 보내던
보들레르는 가족들에 의해 반강제적으로 유배 성격의 인도
여행에 올랐는데, 이 항해 중 한 군인이 쏜 소총에 맞아 붙잡힌
알바트로스가 수부들에 의해 질질 끌려다니며 온갖 조롱과
모진 박해를 받는 모습을 목도한다. 이 충격적인 체험이
「알바트로스」의 씨앗이 됐다. 보들레르는 한때 창공의 왕자였으나
속인들의 야유와 핍박의 대상으로 전락한 알바트로스의 모습에
자신의 비참한 처지를 고스란히 투영한다. 이렇게 보면 최승호의
술병에 갇힌 신천옹은 선상에서 커다란 흰 날개를 노처럼
질질 끌고 다니는 가련한 알바트로스, 달리 말하자면 하늘에서
추락해 지상에 유배당한 저주받은 천재 시인 보들레르의 초상이다.
술병(병원)에 밀폐된 이 알바트로스가 세상 밖으로 탈출할
가능성은 희박해 보인다. 병을 내파(內波)하고 나가기에는
남은 힘이 없고, 코르크를 열고 나가자니 거대한 몸집에 비해
술병 주둥이 부분이 턱없이 좁다. 그러니 이제 술병 속에서 술에
취해 있을 수밖에 별다른 길이 없지 않은가. 들리지 않는가?
최승호의 「술병 속의 신천옹」이 우리를 향해 이렇게 말하는 것을.
"항상 취해 있어야 한다. 모든 게 거기에 있다. 그것이 유일한

*　샤를 피에르 보들레르, 윤영애 옮김, 『악의 꽃』(문학과지성사, 2006), 47쪽.

문제이다. 당신의 어깨를 무너지게 하여 당신을 땅 쪽으로 꼬부라지게
하는 가증스러운 '시간'의 무게를 느끼지 않기 위해서 당신은 쉴 새 없이
취해 있어야 한다. 그러나 무엇에 취한다? 술이든, 시든, 덕이든,
그 어느 것이든 당신 마음대로다. 그러나 어쨌든 취해라."* 술에 취한
신천옹의 전언을 경청하자, 최승호 시인이 창출한 이 공백의 또 다른
비밀이 규지(窺知)된다. 어쩌면 이곳은 시간의 무게를 느낄 수 없는
공허의 세계일지도 모른다.

허무로다, 허무! 모든 것이 허무로다

이번 시집에서 가장 자주 출몰하는 주제는 '바니타스(vanitas)'다.
라틴어 바니타스는 허무, 덧없음, 공허를 뜻한다. 구약 전도서
1장 2절에서 다윗의 아들이자 예루살렘의 임금인 코헬렛은
이렇게 한탄한다. "허무로다, 허무! 모든 것이 허무로다!
(Vanitas vanitatum omnia vanitas)" 절대 권력을 움켜쥐고 최고 명예와
함께 부귀영화를 누린 한 나라의 왕의 입에서 나올 만한 내용은
아닌 듯싶지만, 결코 채울 수 없는 욕망의 헛됨과 인간의 유한성에
대한 뼈저린 각성에서 비롯된 코헬렛의 다음과 같은 성찰은
경청에 값한다. "나는 큰 공사를 벌였다. 나를 위하여 궁궐을 짓고
포도밭들을 일구었으며 나를 위하여 정원과 공원을 만들어 거기에

* 샤를 피에르 보들레르, 『파리의 우울』, 206쪽.

온갖 과일나무를 심었다. (……) 그러나 보라, 이 모든 것이 바람을 잡는 일. 태양 아래에서는 아무 보람이 없다." (전도서 2장 4절~11절)

자, 이제 시선을 한반도로 돌려 보자. 코헬렛이 느꼈던 바니타스의 감정과 유사한 공허함을 체감할 수 있는 곳이 있다면 어떨까? 경상북도 경주시 구황동의 황룡사터가 그중 하나일 것이다. 13세기 몽골의 침입으로 불에 타 지금은 절터와 탑 터만 남아 있지만, 땅에 박힌 초석들의 규모로 미루어 볼 때 경내만 약 2만 평에 달하는 신라 최대의 사찰이었음이 틀림없다. 특히 643년 선덕여왕 때 자장율사의 건의로 만들어진 황룡사구층목탑 자리는 시간의 무상함을 느낄 수 있게 한다. 한 변의 길이가 사방 22.2미터인 이 목탑터에는 예순네 개의 거대한 받침석이 일정한 간격으로 놓여 있는데, 그 초석 하나하나에 거대한 기둥이 올라가 80미터 높이의 거대한 탑으로 삼국통일의 염원을 체화(體化)하고 있었을 것이다. 삼국 중 열세를 극복하고 대역전극의 서사를 완성한 신라의 꿈이 온축(蘊蓄)된 위풍당당한 탑의 모습과, 난폭한 전쟁이 탑을 잔인하게 휩쓸고 지나간 후 남은 예순네 개의 초석 사이의 낙차에서 허무의 연기가 자욱이 피어오른다. 그렇다. 황룡사구층목탑터는 바니타스의 포디움(podium)이다. 최승호 시인이 조안각(鳥眼角)으로 그린 목탑 터를 보자.

탑의 하중을 지탱하던 가로 여덟 개, 세로 여덟 개, 총 예순네 개의 받침돌만이 폐허 위에 가지런하게 남아 있다. 목탑은 화마의 먹잇감으로 소실됐다. 신라 최초의 여왕 선덕여왕도 죽었다. 탑을 쌓기 위해 백제에서 초대한 장인들도 죽었다.

돌　돌　돌　돌　돌　돌　돌　돌

돌　돌　돌　돌　돌　돌　돌　돌

돌　돌　돌　돌　돌　돌　돌　돌

돌　돌　돌　돌　돌　돌　돌　돌

돌　돌　돌　돌　돌　돌　돌　돌

돌　돌　돌　돌　돌　돌　돌　돌

돌　돌　돌　돌　돌　돌　돌　돌

돌　돌　돌　돌　돌　돌　돌　돌

황룡사
구층목탑터 모습.*

고려시대 침입해 탑에 불을 지르던 몽고군도 모두 죽었다. 오직
남아 있는 것은 돌뿐이다. 최승호는 시의 제목 「황룡사구층목탑터」
위에 진리 하나를 선지자의 예언처럼 적어 놓았다. "돌만 남는다."
누구도 부정할 수 없는 이 사실은, 작품의 모토로 인용된 미국 시인
존 애쉬버리의 다시에서 재차 강조된다. "대성당이 파괴될

*　한국학중앙연구원, 한국민속문화대백과사전(encykorea.ac.kr), 원자료 소장처: 경주시.

예정이다". 그렇다. 하늘에 있는 신에게 조금이라도 더 근접하려고
수직으로 쌓아 올린 위대한 고딕 성당의 첨탑도 세월과 함께
닳아서 언젠가는 돌만 남을 것이다. 서 있는 것은 언젠가는
평평하게 눕는다. 공간은 시간을 이길 수 없다. 수직은 수평을
이길 수 없다. 볼수록 깊은 명상에 잠기게 만드는 작품이다. 1786년
문명의 고향 이탈리아로 여행을 떠난 괴테는 고대 로마제국의
위대한 기념물인 베로나 아레나(원형극장) 안으로 들어가 경탄하며
이렇게 말한다. "나는 위대한 것을 보고 있으면서도 사실은
아무것도 보이지 않는 것 같은 이상한 느낌을 받았다."*

　　이번 시집에서 돌과 함께 죽음의 필연성을 환기하는 바니타스
모티프로 등장하는 소재는 뼈와 해골이다. 건물이 완전히 소실된 후
폐허 위에 남는 것이 받침돌뿐이라면, 사람이 죽은 후 남는 것은
뼈이다.(물론 소수는 이름을 남기기도 한다.) 먼저 「뼈뿐인 뼈」를 보자.

　　"뼈뿐인 뼈"라는 활자로 만들어진 라틴십자가 한 쌍이
비스듬한 경사를 이루며 위아래로 배치되어 있다. 잘 알다시피,
십자가는 인간의 죄를 대속하기 위해 못 박혀 죽은 예수의 죽음
이후 희생과 속죄, 부활과 생명을 상징하는 로마가톨릭교의 가장
중요한 표상이다. 하지만 "뼈"라는 글자로 장식된 위의 십자가
앞에서는 종교적 거룩함이나 신성함의 아우라를 느끼기 힘들어
보인다. 오히려 십자가의 원래 기능, 즉 고대 동방에서 죄인의
양팔과 발에 못을 박고 매달아 처형하는 '죽음의 형틀'이라는

*　요한 볼프강 폰 괴테, 박영구 옮김, 『괴테의 그림과 글로 떠나는 이탈리아 여행 1』
　　(생각의나무, 2006), 65쪽.

뼈
뿐
인
뼈뿐인 뼈 뼈뿐인
뿐
인
뼈
뿐
인
뼈

뼈
뿐
인
뼈뿐인 뼈 뼈뿐인
뿐
인
뼈
뿐
인
뼈

부정적인 심상이 엄습한다. 특히 "뼈뿐인 뼈"라는 문구를
왼쪽에서 오른쪽으로 이어 쓴 횡서(橫書)와 위에서 아래로 내려 쓴
종서(縱書)가 만나는 정중앙에 군림하는 '뼈' 자는 죽음의 허무를
계시하는 것처럼 보인다. 이탈리아 라벤나에 위치한 성
아폴리나레 인 클라세 성당의 반원형 천장의 중심부를 장식한
모자이크 십자가에 잘 나타나듯이, 초기 기독교 비잔티움 양식으로
만들어진 십자가들을 보면, 십자가의 두 축이 교차되는
십자교차부(crossing)에 대개 예수의 초상이 모자이크로 장식되곤
하는데, 최승호가 그린 십자가의 정중앙에는 거룩한 예수의 얼굴
대신 앙상한 '뼈' 사가 막혀 있다. 또한 십사사를 구성하는 가도축
"뼈뿐인 뼈 뼈뿐인"과 끝말잇기처럼 나열된 세로축 "뼈 뿐 인

뼈 뿐 인 뼈 뿐 인 뼈"를 반복해서 발음해 보라. 초성으로만
사용되는 무성 파열음 쌍비읍(ㅃ) 셋이 어색하게 충돌하며 삶의
허무함을 아주 '딱딱하게' 청각적으로 재생하는 것처럼 들린다.
특히 "뼈" 자에 따라붙은 조사 "뿐"(그것만이고 더는 없음, 오직 그렇게
하거나 그러하다는 것)은 아무리 발버둥 쳐도 결국 우리가
직면하게 될 최후는 죽음'뿐'이라는 엄연한 진리를 음성적으로
강조한다. 또 다른 언어유희도 숨어 있다. "뼈뿐인 뼈"에서 조사
"인"을 빼면, 뒤집어도 똑같은 말이 되는 팰린드롬(palindrome)
"뼈뿐뼈"가 되는데, 이 회문(回文) 역시 죽음의 필연성을 강조하는
시적 기제로 읽힌다.

이런 바니타스의 정조는 「뼈뿐인 뼈」의 모토로 인용된
이상한 주기도문에서 극대화된다. 헤밍웨이의 단편소설 「깨끗하고
불빛 환한 곳」의 주인공은 카페에서 웨이터로 일하는 중년 사내인데,
밤늦게까지 홀로 술을 마시는 한 손님이 자살을 시도했으나
실패한 노인이란 걸 알고, 그의 처지에 공감하며 이런 기도문을
읊조린다. "허무에 계신 우리의 허무님, 당신의 이름으로
허무해지시고, 당신의 왕국이 허무하소서. 하늘에서 허무하셨던
것과 같이 땅에서도 허무하소서. 우리에게 일용할 허무를 주시고,
우리가 우리에게 허무한 것과 같이 우리의 허무를 허무하게
해주소서."* 시의 모토까지 음미하고 나니, 이제야 최승호 시인이
두 개의 십자가를 위아래로 배치한 소이연을 미루어 짐작할 수

* 어니스트 헤밍웨이, 이종인 옮김, 『노인과 바다』(열린책들, 2012), 241쪽.

있겠다. 그렇다. 위쪽 십자가는 하늘의 허무를, 아래쪽 십자가는
지상의 허무를 각각 상징한다. 이보다도 더 지독한 바니타스의
십자가가 있겠는가. 구원의 가능성이 부재한 허무의 십자가 앞에서
신랄하게 허무해진다. 그렇다고 최승호 시인은 허무의 늪에
잠식되지 않는다. 그는 죽음의 필연성에 대한 자각이 되레, 죽음의
공포마저 달관함으로써 오히려 삶을 긍정하는 지혜로움으로
이어질 수 있음을 잘 알고 있다.

```
            해 해 해 해 해 해
          해 해 해 해 해 해 해 해 해 해
        해 해 해 해 해 해 해        해 해 해 해
      해 해 해          해 해 해          해 해 해 해
    해 해                해 해              해 해 해 해
      해 해 해            해 해 해          해 해 해 해
        해 해 해 해 해 해 해 해 해 해 해 해 해 해
        해 해 해 해 해 해 해 해 해 해 해 해 해 해
          해 해 해            해 해 해 해 해
          해 해 해        해 해 해 해 해 해
              해 해 해 해 해 해 해 해 해
            해 해 해 해 해 해 해 해 해 해
          해 해 해            해 해 해
          해 해 해            해 해 해 해
          해 해 해        해 해 해 해 해
            해 해 해 해 해 해 해 해
              해 해 해 해 해 해
```

이제 「웃는 일만 남은 해골」을 볼 차례이다. 해골들이 서로
손잡고 춤추는 도상(죽음의 무도) 못지않게 히죽히죽 웃는 두개골은
메멘토 모리(memento mori)를 환기하는 바로크 바니타스 회화의
근간을 이루는 정물(靜物)이다.
　　시인이 '해' 자로 그린 해골을 보라. 눈과 코, 그리고 입이
있었던 자리에 뻥 뚫린 허무의 구덩이를 보라. "해해해" 웃고 있는

모습처럼 보이지 않는가. 이 웃음은 삶을 업신여기는 냉소나
생을 비웃는 조소가 아니다. 이 웃음은 존재론적 해방을 통해
도달한 무(無)의 웃음소리이다. 여기서 자꾸만 순우리말 '해' 자를
한자 해(解)로 읽고 싶어진다. 풀 해(解), 흩어질 해(解),
깨우칠 해(解). 이렇게 보면, 의성어 "해해해"는 웃다 보면
생의 두려움과 속박이 풀리고 흩어져 결국 깨우침에 이르는 해탈의
웃음처럼 들린다. 「웃는 일만 남은 해골」은 허무를 해학으로
극복한 시적 역설법의 사례로 읽힌다. 데미언 허스트의
다이아몬드 해골 조각 「신의 사랑을 위하여」처럼 '인간은 죽음으로
가는 존재(Sein zum Tode)'란 명제를 블랙 유머로 승화한 시적
반어법의 소산으로 읽힌다.

　　돌, 뼈, 해골 못지않게 중요한 바니타스 모티브는 무덤이다.
최승호 시인이 종이를 화폭 삼아 한글 활자 '덤'으로 그린 「무덤」을
보자. 도형을 즐겨 그린 러시아 절대주의 화가 말레비치의
그림처럼 두 개의 삼각형이 눈에 띈다.

```
                덤
              덤 덤 덤
            덤 덤 덤 덤 덤
          덤 덤 덤    덤 덤 덤
        덤 덤 덤 덤 덤 덤 덤 덤 덤

                          덤
                        덤 덤 덤
                      덤 덤 덤 덤
                    덤 덤 덤    덤 덤 덤
                  덤 덤 덤        덤 덤 덤 덤
                덤 덤 덤            덤 덤 덤 덤
              덤 덤 덤                덤 덤 덤 덤
            덤 덤 덤                    덤 덤 덤 덤
          덤 덤 덤 덤 덤 덤 덤 덤 덤 덤 덤 덤 덤 덤
```

이 작품에서 최승호 시인은 무덤을 이렇게 정의한다.
"무의 덤/ 무의 덤들". 단수의 '덤' 자와 복수의 '덤' 자의 의미가
조금 다르게 다가온다. 전자의 '덤'은 더미, 즉 어떤 것이 한데
모여 쌓인 큰 덩어리를 뜻한다. 이렇게 보면 '무의 덤'은, 더 이상
생명이 존재하지 않는 무의 상태, 즉 죽음이 쌓인 더미(무덤)를
의미한다. 후자의 '덤'은 제 값어치 외에 거저로 조금 더 얹어 받는
우수리를 뜻한다. 이렇게 보면 '무의 덤들'은 존재의 가치를
인정받지 못하고 무의미한 잉여의 파편처럼 살아가는 인간의
생 전체를 의미한다. 삶의 과정 전부가 무의 연속이고, 이런 삶의
최종 귀착점 역시 무의 집이라는 인식 앞에 말을 잃게 된다. 그렇다.
이 작품의 모토로 인용된 "무(無)라는 것이 없다는 그것까지도
무(無)가 되어야 한다."는 고봉 대사의 전언 앞에 어안이 벙벙하여
할 말을 잃게 된다. 이런 맥락에서 독자의 눈앞에 연쇄적으로
등장하는 "덤" 자들은 제3의 의미를 갖게 된다. 덤(dumb) 덤(dumb)
덤(dumb) 덤(dumb)! 말 못하는, 말 못하는, 말 못하는, 말 못하는!

한편 이 작품은 기존의 구체시에서는 좀처럼 체험할 수 없었던
흥미로운 측면을 선사한다. 최승호가 그린 무덤의 내부 공간을
보라. 무(無)가 잉태되는 자궁이자 무가 활동하는 무대이며, 무가
영면하는 두 삼각형 묘혈(墓穴)을 보라. 그 크기가 다르지 않은가.
작은 삼각형에서 큰 삼각형으로 시선을 옮기면, 무(無)의
면적이 갑자기 넓어짐에 따라 무의 강도가 점점 올라가고,
무의 밀도가 차츰 높아지는 것 같은 인상을 받는다. 마치 무가
움직이는 것과 같은 착시효과를 느낄 수 있다. 한국 현대 시에서는

경험할 수 없었던 모종의 속도가 감지된다.

공간이 된 시간

　「사막의 모래시계」는 문자로 시간의 흐름을 공간화한
타이포그래피이다. 최승호는 능숙한 활자공처럼 '모'와 '래'
두 개의 활자를 활판에 반복적으로 배열함으로써 호리병 모양의
모래시계 셋을 지면 위에 찍어 낸다. 그런데 자세히 보면
모래시계의 용적이 다르다.

모래모래
모래
모
모래
모래모래

모래모래모
모래모래
모래모
모래
모래모
모래모래모
모래모래모래모래

모래모래모
모래모
모래
모래
모래모래
모래모래모래
모래모래모래모래모래

문자로 나열된 모래가 실제 모래시계를 시각화하고 있다. 여기서 '모래'는 언어공동체에서 약속된 개념(자연히 잘게 부스러진 돌 부스러기)을 재현하는 추상적인 문자 기호이자 실제 모래알을 표현하는 구체적인 물질이다. '모래'라는 활자는 가운데가 홀쭉한 유리병에 담긴 실제 마른 모래알인 것이다. 전형적인 최승호식 비주얼 포엠의 문법이다. 그런데 왜 시인은 크기가 다른 세 개의 모래시계를 제시하고 있는가? 모래시계는 가운데가 잘록한 유리그릇에 모래를 넣고 중력에 의해 작은 구멍으로 모래가 떨어지면 그 부피로 시간을 가늠하는 장치이다. 흘러가는 시간의 양을 공간의 면적으로 치환하여 계산할 수 있는 도구, 말하자면 시간을 공간화할 수 있는 장치인 것이다. 이렇게 보면, 맨 위 작은 모래시계가 만약 1분을 잴 수 있다면, 가운데 모래시계는 2분을 잴 수 있고, 하단의 모래시계는 3분을 잴 수 있는 장치로 추론할 수 있다. 시인은 크기가 다른 모래시계 셋을 제시함으로써 각각의 유리병이 담을 수 있는 시간의 양이 다름을 말하고 싶었던 것 같다. 이때 모래시계가 보여 주는 시간은 일반적인 시계판 위의 초침과 분침이 가리키는 객관적인 시간, 말하자면 물리적 시간이다.

그런데 모래시계의 형태를 보면 이상한 모순이 발견된다. 위아래의 면적이 동일한 첫 번째 모래시계를 제외하고 다른 모래시계 유리병의 상하 균형이 맞지 않는다. 두 번째 모래시계를 보면, 위쪽 유리병에 담긴 모래알의 개수, 즉 활자의 개수는 총 열네 개인데, 아래쪽 유리병에 담긴 모래알 개수는 열여섯 개이다.

세 번째 모래시계를 보면 상하 비율의 왜곡이 더 심해진다. 위편의 모래알이 열 개인데, 아래편 모래알은 스물두 개이다. 이렇게 시인에 의해 의식적으로 왜곡된 모래시계의 형태는 과학적으로 정확히 측정될 수 없는 시간의 본질을 강조해 보여 준다. 시간은 일정한 속도로만 달리지 않는다. 좀처럼 줄어들지 않는 모래더미를 보고 어떤 이는 시간이 너무 천천히 흘러간다고 권태로움을 느낄 것이고, 구멍으로 쏠쏠 빠져나가는 모래를 보고 어떤 이는 삶의 허망함을 느낄 것이며, 유체처럼 미끄러지는 모래알의 하강을 보고 어떤 이는 시간이 쏜살같다고 불안해할 것이다. 아마도 최승호 시인은 세 개의 모래시계를 통해 시간은 상대적이라는 진실을 말하고 싶었던 것 같다. 시인이 그린 모래시계는 시간의 양뿐만 아니라 시간의 질을 표현하고 있다는 점에서 흥미롭다. 요컨대 형태가 왜곡된 이상한 모래시계가 보여 주는 시간은 주관적 시간이자 심리적 시간이다. 이런 시간의 상대성과 주관성을 인정한다면, 우리는 부단히 흘러가는 시간의 흐름 속에서 유의미한 순간을 붙잡을 수 있고, 반대로 찰나의 순간에서도 영겁을 붙잡을 수 있을지 모른다. 이제 「사막의 모래시계」의 주제를 설파하기 위해 시인이 모토로 인용한 시구를 음미할 차례이다. 영국 낭만주의 시인 윌리엄 블레이크는 「순수의 전조(前兆)」를 여는 첫 4행을 이렇게 쓴다.

　　한 알의 모래 속에 세계를 보며
　　한 송이 들꽃에서 천국을 본다.

그대 손바닥 안에 무한을 쥐고
한 순간 속에 영원을 보라.*

　시간을 재치 있게 공간화하는 데 성공한 다른 작품들을 보자.
이번 시집 도처에서 이탈리아 미래파 화가들의 그림처럼, 움직임의
연속 과정을 한 지면에 동시적으로 표현함으로써 2차원적인
지면 위에서도 속도감이 느껴지는 작품들이 발견된다. 몸을 잔뜩
움츠렸다가 길게 늘여 내뻗으면서 천천히 기어가는 자벌레의
움직임을 일주일의 시간 흐름("하루 이틀 사흘 나흘 닷새 엿새
이레")과 계절의 순환("겨울 봄 여름 가을 겨울 봄 여름 가을 겨울")으로
재치 있게 그린 「어디론가 가고 있는 자벌레」와 도요새과에
속하는 모든 새(뻑뻑도요, 꼬까도요, 마도요, 좀도요, 깝작도요,
종달도요, 넓적부리도요, 노랑발도요 등등)를 호출해 하나하나
열거함**으로써 마치 에어쇼에 참가한 비행기 편대처럼 창공을
가르는 도요새 무리를 그린 「도요새」와 같은 작품 등에서 공히
모종의 속도를 감지할 수 있다. 특히 속도감을 느낄 수 있는

---

*　윌리엄 블레이크, 김종철 옮김, 『천국과 지옥의 결혼』(민음사 2014), 82쪽.
**　열거법은 어떤 분류나 계통상 동일하거나 유사한 맥락에 있는 것을 늘어놓아 서술하려는
　　내용을 강조하는 수사법인데, 이번 최승호 시집에서 반복법과 더불어 자주 사용된다.
　　"알락"(본바탕에 다른 빛깔의 점이나 줄이 섞인 모양)을 접두어로 갖는 곤충과 동물 들의
　　이름을 나열한 「알락 친구들」, 세상에 존재하는 모든 장아찌를 총망라해 장아찌를
　　보관하는 용기를 그린 「꿈 없는 날들을 위한 장아찌」, "불나방"을 접미어로 갖는 다채로운
　　나방들의 이름으로 실세 불나방을 그린 「불나방들」 등이 실례이다. 이런 작품에서는
　　우리와 함께 살아가는 미물과 생명체에 대한 시인의 생태학적 애정을 느낄 수 있을 뿐만
　　아니라, 우리 한글의 풍요로운 표현력과 아름다운 리듬감을 새삼 확인할 수 있다.

재밌는 작품은 「굴렁쇠」이다.

<pre>
         카랑
          카랑카랑
           카랑카랑
            카랑카랑
             카랑카랑
              카랑카랑
               카랑카랑
                카랑카랑
                 카랑카랑   카랑
                  카랑카랑   카랑카랑
                   카랑   카랑카랑
                                 카랑카랑
                                  카랑카랑
                                   카랑카랑
                                    카랑카랑
                                     카랑카랑
                                      카랑카랑
                                       카랑
</pre>

　　이 작품은 소리와 이미지, 청각과 시각을 공감각적으로 결합해
굴렁쇠의 움직임을 시각적으로 표현한다. 쇠붙이로 만든 둥근
테를 굴렁대로 굴리면 쇠와 땅이 부딪치며 쩔그렁쩔그렁 소리가
날 것이다. 이 마찰 소리에서 최승호 시인은 쇳소리처럼 매우 맑고
높은 목소리의 모양을 나타내는 부사 '카랑카랑'을 떠올린다.
바퀴가 구르며 내는 소리가 동그란 바퀴의 이미지로 수렴되고,
이렇게 생성된 이미지의 중첩이 굴렁쇠의 움직임을 가시화한다.
「굴렁쇠」는 두 개의 굴렁쇠를 표현한 것이라기보다는 하나의
굴렁쇠가 앞으로 나가는 모습을 연속 카메라로 촬영한 것처럼
보인다. 이렇게 보면 위쪽 바퀴는 아래 바퀴의 잔상(殘像)이다.
요컨대 최승호의 「굴렁쇠」는 한글 문자로 실험한 움직이는 시,

즉 키네틱 포엠(Kinetic Poem)의 첫 사례로 기록될 것이다.
이제 언어 예술인 시도 '키네틱 아트'처럼 스스로 움직일 가능성을
모색할 수 있게 됐다. 물론 그 전제는, 시가 그림이 될 때이다.

나는 화가다

시와 그림의 유사성에 대한 성찰은 생각보다 유구할 뿐만
아니라 동서양을 넘나든다. 중국 송나라 문인 소식이 왕유의
산수화와 시를 보고 밝힌 '그림 속에 시가 있고 시 속에 그림이 있다.
(詩中有畵 畵中有詩)'는 소감은, '시가 말하는 그림이라면, 그림은
말 없는 시다.(Poema est pictura loguens, pictura est poema siliens)'라는
고대 그리스 서정시인 시모니데스의 생각과 놀랍도록 유사하다.
"시는 형체가 없는 그림이요, 그림은 형체가 있는 시다.
(詩是無形畵, 畵是有形詩)"라는 북송 때 문인 곽희의 단상은,
호라티우스 시학의 핵심어인 "시는 회화처럼(ut pictura poesis)"과
이탈리아 르네상스 회화론의 근간을 이루는 "회화는 시처럼
(ut poesis pictura)"을 결합한 아포리즘이다. 이러한 성찰은 모두
시와 그림은 서로 독자적인 매체이면서 상호의존적인 관계라는 것을
강조한다. 말하자면 시에는 분명 시의 고유 영역이 있고 그림에는
분명 그림만의 본성이 있지만, 두 예술 사이에는 내밀한 친연성이
내재함을 주장하고 있는 것이다. 최승호의 비수얼 쏘엠노
시와 그림의 상호 매체성에 대한 기존의 인식을 토대로 전개되는데,

한 가지 중요한 차이점이 존재한다. 최승호는 시와 그림 사이를 오랫동안 중개해 온 조사 '처럼'(유사성의 원리)의 관계를 지양(止揚)하고 시가 곧 그림이 될 수 있는 동일성의 원리를 궁구한다. 지금까지 살펴본 최승호의 작품에서 시인과 화가, 시와 그림의 경계가 가뭇없음을 확인했다. 시인은 언어의 조합으로 시적 이미지(그림)를 창출하는 기존의 전통적인 시작법에서 벗어나 최소한의 언어 단위로 구체적인 형태를 지닌 그림을 그리는데, 그가 문자를 배열해 '그린' 그림은 언어로 '쓴' 시 텍스트와 버금가는 고도의 시적 긴장을 빚어낸다. 따라서 최승호의 비주얼 포엠에서는 '시 속에 그림'이 있는 것이 아니라 '시 자체가 그림'이 되고, 시는 '형체 없는 그림'이 아니라 '형태를 지닌 그림'이 된다. 시와 그림 사이의 경계를 허무는 최승호의 시도는 "시는 모방이고 그림이고 시인은 곧 화가다."라는 17세기 바로크 시대 프랑스 문인 프랑수아 페늘롱의 생각과 기맥이 통한다고 볼 수 있다. 이번 시집에서 화가가 된 시인 최승호는 위대한 선배 화가들의 작품을 공부한 흔적을 보여 준다. 처음에는 잘 모사하는 것이 중요하다. 팝아트의 대부 앤디 워홀이 미국의 록밴드 벨벳 언더그라운드의 앨범 재킷 표지화로 그려 유명해진 「앤디 워홀의 바나나」를 보자.

바
나나　　　　바
바나나　　　나나　　　바
바나나　　　바나나　　　나나
바나나　　　바나나　　　바나나
바나나　　　바나나　　　바나나
바나나나　　바나나　　　바나나
바나나나　　바나나나　　바나나나
바나나나　　바나나나나　바나나나
바나나　　　바나나나　　바나나나나
바나나　　　바나나　　　바나나나
바나나　　　바나나　　　바나나
바나나　　　바나나　　　바나나
바나나　　　바나나　　　바나나
바나　　　　바나나　　　바나나
나　　　　　바나　　　　바나나
　　　　　　나　　　　　바나
　　　　　　　　　　　　나

　　원작의 갈변한 바나나의 모습까지 세세히 표현하지는
못했지만 워홀의 「바나나」를 활자 '바나나'의 배열로 모방한
작품이다. 하나의 바나나를 복제해 동일한 세 개의 바나나를 표현한
것도 팝아트의 전략을 따랐다. 기계적 대량생산의 익명성을
긍정하고, 기성의 예술이 고수해 온 해묵은 독창성의 신화를
부정하려는 화가 최승호의 의도가 분명히 드러난다. 그리고
최승호의 바나나 그림은 예술가의 혼과 인격적 흔적이 부재한
매끈매끈한 표면처럼 보인다. 그림의 배후에 모종의 의미가
숨어 있다는 전통적인 깊이의 미학을 부정하고 표피의 미학을
구현하려고 했기 때문이다.
　　그림 공부의 다음 단계는 기성 작품의 재해석이다. 여기서는
작품의 주제를 이해하고 이를 자신의 관점에서 재구성하는
응용력이 관건이다. 이번 시집의 에필로그를 장식하는
「자코메티와 함께 걸어간 낙타」가 그 실례이다.

```
                                        낙타
        낙타              낙타            낙타 낙타 낙타
      낙타 낙타          낙타 낙타          낙타 낙타 낙타 낙타
    낙타 낙타 낙타      낙타 낙타 낙타    낙타 낙타 낙타 낙타
  낙타 낙타 낙타 낙타  낙타 낙타 낙타 낙타  낙타 낙타 낙타 낙타
낙타 낙타 낙타 낙타 낙타 낙타 낙타 낙타 낙타
      낙타        낙타          낙타 낙타
    낙타      낙타            낙타      낙타
  낙타        낙타            낙타          낙타
    낙타      낙타      낙타              낙타
  낙타      낙타            낙타              낙타
```


최승호는 스위스 조각가 알베르토 자코메티의 기념비적인
석고 흉상 「걸어가는 사람Ⅱ」에 깊이 감동한 것 같다. 비정상적으로
길게 늘어뜨린 거칠고 앙상한 인체의 모습에서 극한의 상황에
놓인 고독한 인간 실존과 직면했기 때문이다. 긴 다리를 앞으로
내뻗으며 묵묵히 제 길을 걷는 '워킹 맨'의 모습에서 모든 것을
잃었지만 포기하지 않고 자신의 숙명을 극복해 내려는
불굴의 의지를 엿보았기 때문이다. 여기서 흥미로운 지점은,
최 화가가 자코메티의 조각에서 황량한 사막을 묵묵히 횡단하는
낙타의 발 소리를 연상해 낸다는 것이다. "타박타박/ 터벅터벅".
이 연상은 설득력이 있다. 낙타는 필요한 수분을 육봉(肉峯) 속
지방을 분해시켜 충당함으로써 한 달 넘게 물을 마시지 않아도
거뜬히 걷는다. 발바닥의 척구(蹠球)가 커서 접지 면적이
넓기 때문에 모래땅을 걷기 적합하다. 그래서 일찍이 로마인들은
낙타를 모래 바다를 횡단하는 사막의 배 카멜루스(camelus)라고
불렀다. 낙타는 평정을 잃지 않으며 서두르는 법이 없다. 사막의

땡볕이 내리쬐도 선인장처럼 당당히 고개를 들고 태양에 맞선다.
백열의 태양과 모래바람의 혹독한 기후 조건에서도 사람을 태우거나
짐을 싣고 120킬로미터까지 갈 수 있다. 요컨대 낙타는 일망무제
(一望無際)의 황량한 사막을 타협 없이 걷는 도상(途上)의 존재다.
이런 낙타의 이미지는 자신의 숙명을 온몸으로 끌어안고
"타박타박 터벅터벅" 걸어가는 워킹 맨과 자연스럽게 오버랩된다.
최 화가가 「걸어가는 사람 II」를 재해석해 그린 낙타를 보라.
등에 솟은 두 개의 육봉에서 끝이 어딘지 모르지만 계속해서 걷는
워킹 맨의 의지가 보인다. 낙타의 형상을 그리기 위해 반복 배열한
"낙타 낙타 낙타 낙타"라는 글자의 연쇄에서 느릿느릿 걷는 낙타의
발소리가 들리는 것 같다. 아마도 명사 '낙타'의 '타' 자가 부사
타박타박의 '타' 자와 중첩되면서 발생한 환청 효과 덕분일 것이다.

그림 공부의 마지막 단계는 모방을 통해 자신만의 스타일로
새로운 그림을 그리는 경지에 오르는 것이다. 모방은 창조의
어머니가 아닌가. 최 화가는 전후 미국 추상표현주의를 대표하는
잭슨 폴록의 거대한 전면화(allover painting) 앞에 섰다. 형태 자체가
완전히 해체되어 도대체 무엇을 그렸는지 묘연해 혼돈스럽다.
소실점이 없어 3차원적 입체감을 느낄 수도 없다. 선과 면의 구별도
전경과 후경의 대조도 무너져 화면 전체가 균등히 평평할 뿐이다.
오직 보이는 것은, 폴록이 페인트 통에 든 물감을 막대로 푹 찍어
이리저리 흩뿌려 생긴 길고 짧고, 가늘고 두터운 선들의 자유로운
난상(亂場)이나.

폴록은 이젤 위에 놓인 캔버스 '앞'에서 붓으로 물감을

칠하지 않는다. 그는 바닥에 깔아 놓은 거대한 캔버스 '안'으로 직접 들어가 막대기에 묻은 물감을 캔버스 위에 뚝뚝뚝 떨어뜨린다. 그에게 중요한 것은 그림을 그린 후 남는 결과가 아니라 그림을 그리는 과정과 행위 자체이다. 따라서 그의 그림에서 볼 수 있는 것은 아름다운 풍경도 신비로운 모나리자의 미소도 아니다. 남은 것은, 캔버스 안에서 그의 막대기가 종횡무진 사방팔방 움직인 궤적뿐이다. 폴록을 '잭 더 드리퍼(Jack the Dripper)' 혹은 '캔버스 안의 검투사'로 부르고, 그의 작품을 '액션 페인팅 (action painting)'으로 명명하는 이유는 여기에 있다.

　　최 화가는 폴록의 그림들을 오랫동안 관찰하고 그의 작품들은 결코 모방의 대상이 될 수 없음을 인식했을 것이다. 그래서 '뺄' 자로 가득 찬 페인트 통에 막대기를 깊이 담갔다가 들어 올려 하얀 지면 위에 '뺄' 자를 뚝뚝뚝 떨어뜨리며 이렇게 자유롭게 움직였을 것이다. 최 화가의「갯지렁이」는 이렇게 탄생했다.

제목「갯지렁이」로 인해 이 추상화는 다시 구상으로 복귀한다.

작품해설

아르누보 특유의 S자 곡선처럼 움직이는 "뻘"들의 동선(動線)에서
갯벌 속을 이리저리 움직이는 환형동물 갯지렁이가 연상되기
때문이다. 그렇다, 최 화가는 폴록의 그림에서 드넓은 갯벌 속에서
이리저리 구멍을 뚫으며 움직이는 수많은 갯지렁이의 중첩된
동선을 심중에 떠올렸고, 이 상상을 '뻘' 자의 배열로 재창조했다.
"뻘" 자는 삼중으로 의미심장하다. 갯벌을 의미하는 명사
'뻘'(개흙의 방언) 자는 폴록이 발을 밟고 누비던 거대한 캔버스를
상징하고, 동시에 '뻘' 자를 몹시 바쁘게 여기저기 돌아다니는
모양을 뜻하는 부사 '뻘뻘'로 읽으면, "뻘뻘"은 종횡무진 움직이는
폴록의 막대기를 암시할 수 있다. 또한 "뻘" 자를 '뻘뻘' 땀을 많이
흘리는 모양을 나타내는 부사로 해석하면, 자신이 추구하는
예술적 가치를 실현하기 위해 현실과 타협하지 않는 캔버스 안의
검투사 폴록의 치열한 고투를 대변할 수도 있다. 최 화가가 그린
「갯지렁이」가 단순 모방작을 넘어 팽팽한 시적 긴장이 내장된
독창적인 추상표현주의 작품으로 평가될 수 있는 이유는 여기에 있다.
이렇게 최승호 시인은 화가가 됐다.

별 헤는 밤

끝으로 최승호 시인이 한국 현대 시의 창공에 점점이 수놓은
아틈나운 멀사리 하나믈 우러러본다. 「세사리 별의 밀길슴」은
그가 추구하는 한글 비주얼 포엠의 미학이 집약된 축도(縮圖)로

읽힌다. 그 이유를 이 해설에서 앞서 제시한 소주제를 따라
요약하면 아래와 같다.

　　운문에서 배열로　이 작품은 언어를 조탁해 쓴 시가 아니다.
한글 '별'을 일정한 자리에 반복적으로 배치해 '게자리'를 가시화한
타이포그래피이다. 여기서 '별'의 반복은 동일한 것의 회귀가
아니다. '별'의 반복적 배열이 '차이'를 생산한다. 그리고 그 차이의
틈에서 모종의 의미가 '사건'처럼 발생한다.
　　재현과 표현의 변증법　한글 '별'은 자기 내부 에너지의
복사(輻射)로 스스로 빛을 내는 천체를 뜻하는 명사이자, 하늘에서
빛나는 별 자체이다.

공백의 미학　이 작품의 주제는 창공에서 빛나는 별과 별
'사이'에서 발현된다. 흩뿌려진 별들이 특정한 맥락으로 연결될 때
어떤 의미를 내뿜는 성좌가 된다. 중요한 것은 별 자체가 아니라
별과 별 사이의 공간이다. 최승호 시인이 다른 작품에서 "사이좋은
것들은 사이가 있다"(「띄엄띄엄」)고 쓴 이유는 여기에 있다.

　　허무로다, 허무! 모든 것이 허무로다　헤라클레스의 발가락을
물다가 그 발에 밟혀 죽어 별자리가 된 게의 불우한 운명을
생각하니 갑자기 삶이 허망해진다. 무변광대한 우주에 사금파리처럼
박혀 빛나는 작은 별 하나의 지름이 적어도 지구의 100배는 된다는
사실 앞에 이렇게 자문할 수밖에 없을 터이다. 우리는 얼마나
하찮고 미미한 존재이며, 우리 삶은 또 얼마나 허무하고 허망한가?

　　공간이 된 시간　시의 제목 「게자리 별의 발걸음」에서
연상할 수 있듯이, 이 별자리는 보는 각도에 따라 허공을 삐뚤빼뚤
움직이는 게 발걸음, 즉 해행(蟹行) 모빌처럼 보인다.

　　나는 화가다　이 그림은 일곱 개의 '별'로 그린 미니멀리즘
양식의 회화이다. 때론 적을수록 더 많은 것을 이야기할 수 있는
법이다.

　　요컨대 이 별자리는 최승호 시인이 한국 현대 시의 창공에
쏘아 올린 한글 비주얼 포엠의 아름다운 성좌이다. 일곱 개의 '별'로
이루어진 성좌를 우러르니, 윤동주의 「별 헤는 밤」이 시나브로
떠오른다. 나노 윤동주 시인의 마음으로 '세사리'를 구성하는
별 하나하나에 가만히 이름을 불러 본다.

별 하나에 추억과

별 하나에 사랑과

별 하나에 쓸쓸함과

별 하나에 동경과

별 하나에 시와

별 하나에 어머니, 어머니*

당신이라면 최승호의 게자리를 구성하는 별들 하나하나에
어떤 말을 달아 줄 것인가? 당신이라면 "추억", "사랑", "쓸쓸함",
"동경", "시", 그리고 "어머니"에 이어 마지막 일곱 번째 별에
어떤 이름을 붙여 줄 것인가? 윤동주 시인이 어머니에 이어
계속해서 "프랑시스 잠, 라이너 마리아 릴케"와 같은 시인의 이름을
호출한 것처럼, 독일 시를 공부하는 나는 요절한 시인
'게오르크 트라클'의 이름을 불러 볼 것이다. 아스라이 먼 곳에서
가물거리는 일곱 번째 별에서 제1차세계대전에 참전했다가
스물일곱의 나이에 약물중독으로 생을 마감한 오스트리아
표현주의 시인 트라클이 남긴 우울한 별 하나를 마음속에 그려
볼 것이다. 트라클의 대표작 「소년 엘리스에게」는 이렇게 끝난다.
"너의 관자놀이로 검은 이슬이 떨어진다,/ 꺼진 별들의
마지막 황금빛."** 그렇다. 최승호의 한글 비주얼 포엠 앞에서,
생각은 선형적 틀에서 벗어나 꼬리를 물고 이어지고, 이 생각에서

* 윤동주, 이남호 엮음, 『별 헤는 밤』(민음사 2016), 32쪽.
** 게오르크 트라클, 김재혁 옮김, 『푸른 순간, 검은 예감』(민음사, 2020), 93쪽.

발아된 상상은 상투적 질서에서 해방되어 자유롭게 유희한다.
그의 비주얼 포엠은 재밌게 의미심장하고, 천진난만하게
창의적이다.

출처

10쪽   백석, 「가무래기의 낙」

12쪽   파블로 네루다, 정현종 옮김, 「오늘 밤
나는 쓸 수 있다」, 『스무 편의 사랑의 시
와 한 편의 절망의 노래』(민음사, 2007)
Poem 20 (Puedo escribir los verso más tristes
esta noche) from VEINTE POEMAS
DE AMOR Y UNA CANCIÓN
DESESPERADA © Pablo Neruda 1924,
and Fundación Pablo Neruda.

14쪽   이상, 『날개』

18쪽   프랑시스 잠, 「이제 며칠 후엔……」

20쪽   이하(李賀), 『이하 시선』

22쪽   호르헤 루이스 보르헤스 외, 민용태 옮김,
「은혜의 시」, 『태양의 돌』(2013, 창비)
Poema de los dones, EL HACEDOR by
Jorge Luis Borges Copyright © Maria
Kodama 1995 All right reserved. All
rights not specifically mentioned in this
agreement are strictly reserved by The
Wylie Agency (UK) LTD.

24쪽   로버트 프로스트, 「낙엽을 밟으며」

26쪽   블라디미르 마야코프스키, 「바지를 입
은 구름」

28쪽   존 애쉬버리, 「대성당이」
As We Know by John Ashbery.
Copyright © 1979 by John Ashbery.
Reprinted by permission of Georges
Borchardt, Inc., on behalf of the author.

All rights reserved.

30쪽   윤동주, 「가슴 2」

32쪽   샤를 피에르 보들레르, 『파리의 우울』

34쪽   앙투안 드 생텍쥐페리, 『어린 왕자』

40쪽   프랑시스 퐁주, 「물고기에게 수영 가
르치기」
Natura Piscem Doces, Tome premier,
Francis Ponge © Editions Gallimard,
Paris 1965. All rights not specifically
mentioned in this agreement are strictly
reserved by Gallimard.

42쪽   무의자 혜심(無衣子 慧諶), 「인월대」

46쪽   한용운, 「알 수 없어요」

48쪽   김소월, 『진달래꽃』

50쪽   빈센트 반 고흐의 편지

52쪽   나가르주나, 『보행왕정론』

54쪽   윌리엄 블레이크, 「순수의 전조」

56쪽   페데리코 가르시아 로르카, 「투우장에
서의 죽음」

58쪽   자크 프레베르, 김화영 옮김, 「열등
생」, 『절망이 벤치에 앉아 있다』(민음
사, 2017)
Le cancre, Paroles, Jacques Prevert ©
Editions Gallimard, Paris 1949. All rights
not specifically mentioned in this agreement
are strictly reserved by Gallimard.

60쪽   외젠 이오네스코, 박형섭 옮김, 『노트
와 반노트』(동문선, 2003)

1판 1쇄 찍음 2022년 4월 29일   지은이   최승호
1판 1쇄 펴냄 2022년 5월 13일   발행인   박근섭 · 박상준
                                  펴낸곳   (주)민음사

출판등록 1966. 5. 19. 제16-490호   대표전화 02-515-2000
주소   서울특별시 강남구   팩시밀리 02-515-2007
          도산대로1길 62(신사동)   홈페이지 www.minumsa.com
          강남출판문화센터 5층
          (우편번호 06027)